「せっかくお家まで来てくれたから、一緒にわたしのライブDVD観たいな？」

「ほんの少しでもいいからさ、アイドルのわたしも閑原くんに知ってもらいたいなあって」

現役JKアイドルさんは暇人の俺に興味があるらしい。2

星野星野　イラスト　千種みのり

七海沢《ななみさわ》 詩乃《しの》
「航ったらモテモテだねぇ～」
「関原くんはわたしとスライダー滑るの！」

現役JKアイドルさんたちは
自分のソフトクリームを
食べてほしいらしい。
「どっちを食べるの？」
「どっちを食べます？」

「お前ら喧嘩するなって」
桜《さくら》
「私ですよね？閑原さんっ♡」
恋川《れんかわ》 美優《みゆ》
閑原《ひまはら》 航《こう》

現役ＪＫアイドルさんは暇人の俺に興味があるらしい。２

星野星野

OVERLAP

geneki jk idol san ha himajin no
ore ni kyomi ga arurashii

CONTENTS

プロローグ

閑原《ひまはら》くんと花火大会へ行った次の日からは毎日のようにお仕事があって、わたしは忙《せわ》しない日々を過ごしていた。

「はいカットー！　菜子《なこ》ちゃんお疲れ様～」

「お疲れ様でしたーっ」

夏休み最終日の今日も、テレビ局のスタジオで夜までバラエティ番組の撮影があって、それが終わり次第わたしはマネージャーさんの車で自宅へ帰る。

お仕事が終われば、閑原くんと電話できるもんね。

あの職員室での出会いをきっかけとして、わたしと閑原くんは放課後や休日に二人で〝暇つぶし〟をするようになり、会えない日は電話でおしゃべりまでするようになった。

わたしにとって閑原くんと二人だけの時間は一日のご褒美であり至福の時間。

「ただいまー」

帰宅したらすぐにお風呂に入り、パジャマ姿で自室まで戻ってくると、ベッドの上にスマホを置いてその前に座り呼吸を整える。

「……よし」

準備万端のわたしは、lime のアプリを開いて通話ボタンをタップする。

電話をするだけなのにいつも緊張してしまう。

今ごろ関原くんは何してるんだろう、なんてことばかり考えて胸を躍らせる。

わたしと同じでスマホの前で緊張してたり……なんてね。

『もしもし？』

関原くんの声が聞こえた瞬間、わたしはビクッと肩を震わせながらスマホを手に取り、耳元に近づけた。

「ひ、関原くん久しぶりっ！　今って大丈夫かな？」

『ああ、ちょうど暇してたからな』

「……本当はずっと暇だったり」

『電話切るぞ』

「もー、それくらいで怒んないでよっ」

関原くんと電話が繋《つな》がり、いつも通りたわいもない雑談が始まる。

「今日もね、マネージャーさんにいっぱい褒められたんだよ？」

『……あのさ』

「？」

『お前のマネージャーって男なのか？』

「ううん、女性だよ。どうして？」

『どうしてって……いつもマネージャーに褒められたって話するだろ？　やけに嬉《うれ》しそうに話すから男なのかなって』

「もしかして関原くん……妬《や》いてる？」

『断じて違う。ただちょっと気になっただけで……それよりも、今日は何を褒められたんだ？』

「えっとねー！」

関原くんはどんな話でも聞いてくれるし、どんな話にも受け答えしてくれる。

アイドルのわたしには興味ないのに、お仕事の話とかも聞いてくれて……だからいつも甘えちゃう。

頑張ってるわたしを知って欲しい、褒めて欲しい、自分勝手だって分かってるけど、関原くんの前ではどうしてもそんな欲求が溢《あふ》れ出てしまう。

『桜咲《さくらざき》、そろそろ寝るか？』

「も、もうちょっとだけ、話したいな……」

わたしがワガママを言うと、関原くんは『仕方ないな』と言ってそのまま電話を繋いでてくれる。

わたしはベッドに横になりながら、耳元に電話を繋いだままのスマホを置くと、天井を見上げた。

『明日からまた学校が始まるな』

「新学期だもんね、関原くんは二学期の行事だと何が楽しみ？」

『特に無いと言ったら？』

「無いは禁止！　体育祭とか校外学習とか！　あと十二月にはクリスマスパーティーもあるし！　盛りだくさんじゃん！」

『どれも興味ないな』

「もーっ！」

そういえば関原くんって文化祭も演劇ブースで寝て過ごそうとしてたくらいだし、学校行事とか好きじゃないのかな？

面倒くさがりの関原くんらしいと言えば関原くんらしいのかもしれないけど……それじゃ、つまんないよ。

「よしっ、関原くんが学校行事を楽しめるように、わたし頑張るっ！」

『桜咲が頑張ってどうにかなることではないだろ』

「なるもんっ！　体育祭とか思わずわたしの名前叫びたくなるくらいの活躍するし！」

『はいはい頑張れよー』

もぉ〜！　わたし運動神経抜群なのに！

きっと体育が男女別だから関原くんは知らないんだよね。

こうなったら体育祭本番で関原くんにわたしの凄《すご》さを見せつけてあげないと。

『まあ桜咲が出る時は、俺も重い腰上げて応援する』

「ほ、ほんと？」

『ああ。だって応援しないと桜咲は後で拗《す》ねるだろ？』

「拗ねないもん！　子ども扱いしないで！」

と言いつつも、もし関原くんが応援してくれなかったら間違いなく拗ねると思う。

だって関原くんにはわたしの活躍を一番近くで見てて欲しいし……たくさん褒めて欲しいから……。

「関原くん」

『どした？　眠くなったか？』

「……二学期も、よろしくね？」

『お、おう』

二学期も関原くんといっぱい暇つぶしをして、いっぱい笑い合って過ごせたらいいな。

「じゃあおやすみっ、関原くん」

『ああ。おやすみ桜咲』

電話が終わるといつの間にか時計の針は深夜十二時を過ぎていた。

明日から二学期が始まるんだ――。

第一章　現役ＪＫアイドルさんは食べ歩きに興味があるらしい。

夏休みが明け、今日からまた億劫《おっくう》な学校生活がスタートする。

一学期以上にイベントの多い二学期は、帰宅部の暇人である俺にとってただの苦痛でしかないのだ。

「短い夏休みだったな。あと二ヶ月くらい欲しいもんだ」

不満を口にしながら、俺は夏休みを振り返る。

桜咲と一緒に花火大会へ行った後は特に予定が無く、額に汗しながら道子《みちこ》さんの経営してる会社の雑用をこなして、バイト代を貯金した。

そういえば花火大会の時に桜咲のお母さんから、桜咲のお父さんが俺に会いたがっていると言われたが、急遽《きゆうきよ》、桜咲のお父さんに海外出張の予定が入ってしまったらしく、スケジュールが合わないからこのまま話が流れそうになっていた。

あれだけの豪邸に住んでいるのだから、きっとお父さんはどっかの会社のお偉いさんだろうし、暇人な俺には想像がつかないくらい、何かと忙しいのだろう。

そもそもこんな俺とお父さんの話が合うわけがないし、むしろ良かったのかもしれない。

でも……桜咲のお父さんは俺と何を話したかったのだろうか。

クローゼットの中に掛けてある制服に着替えながら俺は考える。

花火大会の時、桜咲のお母さんは「決して悪い話ではない」と言っていたから『娘に近づくな！』的なお決まりのヤツではないと思われるが……。

俺は真っ白なワイシャツを着ると、軽く腕まくりしながら全身鏡の前に立つ。

久しぶりに制服を着るから背筋がピシッとするな。

「よし……支度は終わったし、登校の前に挨拶しないとな」

俺は隣の和室に移動して部屋の隅にある仏壇の前に正座し、父さんと母さんの遺影を交互に見つめてりんを鳴らすと両手を合わせた。

「父さん、母さん。一学期同様、二学期も平穏な日常が送れるように見守っていてくれ。特に桜咲との関係が公にならないように、何卒《なにとぞ》……っ」

挨拶というよりも、保身に走る俺の願望がダダ漏れしていたような気もするが……まあいいだろう。

仏壇を後にした俺は、自室にある鞄《かばん》を手に持つと玄関に移動して革靴を履く。

「じゃあ行ってきま――」

「航《こう》くん！　待って！」

家から出ようとした俺を、さっきまでリビングにいた叔母の道子さんが大声で呼び止める。

「今日って午前中だけでしょ？　お昼はどうするの？　学食？」

「あぁ、昼は友達と適当に食べてくるから」

「お友達？　それって詩乃《しの》ちゃん？」

「………うん」

　何も事情を知らない道子さんに「クラスの現役ＪＫアイドルと食べてくるから」――なんて言えるはずもなく、とりあえず俺は七海沢《ななみさわ》と食べに行くということにしておいて事なきを得た。

「そっか詩乃ちゃんとねぇ～？　了解っ。楽しんできなさいよ～？」

　道子さんは昔から俺と七海沢が懇ろな関係にあると勘違いしている。

　以前、七海沢も一緒にいる時にその手の話になり、七海沢の口から俺とはそんな関係ではないと否定したことがあったが、それを照れ隠しだと思われたらしく、道子さんはいまだに俺たちが付き合ってると思っているようだ。

　道子さん自身は、仕事の鬼で三十を過ぎても浮ついた話が無いからか、その腹いせで俺たちをくっつけようとしてくるのだ。

「詩乃ちゃんで誤魔化すなんて、航くんも兄さんに似てズル賢くなったなぁ」

「は？　それってどういう」

「なんでもなーいっ！　ほらほら、遅刻するよっ」

道子さんは言葉を濁しながら、俺の背中をポンッと叩《たた》く。

「い、行ってきます」

道子さんに見送られながら俺は家を出た。

俺が父さんに似てズル賢くなったって……どういう意味だったんだ？

道子さんは父さんの妹――つまり父方の叔母であるため、昔から父さんのことをよく話してくれた。

道子さんから聞いた話では、生前の父さんは大学の教壇に立っていたらしく、常に寡黙でかなりの学者肌だったようだが――。


「こうーっ！」


亡き父に思いを馳《は》せていると、背後から元気でやかましい声が俺を呼んだ。

駅の改札の前で振り向くと、そこにはこんがりと日焼けした幼馴染《おさななじみ》の七海沢詩乃がいた。

バレー部は夏休みに合宿があったらしいし、そこで日焼けしたのだろうか。

「どうしてそんなに日焼けしてんだ？　バレー部の合宿は日焼け止めすら塗らせてもらえないのか？」

「あー、この日焼け？　これは合宿の時の〝も〟あるけどぉ」

「うん。実はあたし、夏休みの最後に友達と海行ったから」

「も？」

う……海?!

夏休み中もバレー漬けだと思っていた七海沢の口から突然出てきた『友達と海』という陽キャワードに俺は敏感に反応してしまう。

「お、お前っ、友達と海とか……ナンパされなかったのか？」

「なーに航。まさか心配してくれてんの？」

「そりゃ……だって、バレー部の女子たちだけで行ったんだろ？」

「あー、違う違う。海はバレー部の集まりで行ったんじゃなくて、いつもクラスで話してる運動部女子のグループ四人と、クラスの男子四人で行ったから」

運動部女子のグループというのは七海沢が中心にいる運動部所属の女子四人のグループで、クラスの男子四人というのは、いつも七海沢のグループにアタックしてるクラスのイケイケ陽キャ男子たちのことだと思われる。

「あ、もしかして航も誘って欲しかったとか？」

「そんなわけないだろっ」

「だよねー。だって航はあの大人気現役ＪＫアイドルの桜咲菜子《さくらざきなこ》ちゃんとアツアツちゅっちゅな夏休みだったんだもんね？」

「アツアツでも何でもないし、桜咲は芸能人なんだぞ。冗談でも変なことを言うな」

「えー？　でもちゅうはしたんでしょ？　菜子ちゃんから全部聞いたよー」

「はあ?!」

驚きのあまりつい過剰に反応をしてしまったが……よく考えたらこれ、七海沢のハッタリの可能性もあるんじゃゃ――っ。

「ニヤァ……」

七海沢は『計画通りぃ……』と言わんばかりに目を細めて口角を上げる。

しまった、俺としたことがっ！

「あれれ～？　あたし冗談で言ったのに、航のその反応……へぇー、ふーん」

「な、何もしてない！」

「まあまあそんな照れなくてもいいじゃん」

「照れてねえっ！」

「菜子ちゃんの唇……柔らかかった？」

「だ、だから……キスなんかしてないって言ってんのに」

その後もウザいほどに七海沢に揶揄《からか》われながら、俺は駅の改札を通ってホームまで出た。

七海沢はホームに来ると陽光に向かって手をかざす。

「うわっ、あっついねぇ……」

自然は学生たちの夏休みが終わったなんて知る由もなく、相変わらず外は干からびるんじゃないかってくらいに強い日差しが照りつける。

九月に入ったら少しは涼しくなると思っていたが、こんなに暑いと真昼間の食べ歩きは却下だな。

とりあえず昼は別のところで食べて、適当に時間を潰してから谷中銀座《やなかぎんざ》へ行くのを桜咲に提案してみよう。

俺はその旨を lime に書き込んで桜咲に伝えた。

☆☆

閑原《ひまはら》くん、まだかな……。

いつもよりちょっと早めに登校したわたしは、自分の席でスマホをタプタプしながら、閑原くんが登校してくるのを待っていた。

今日の放課後は、前に約束した通り谷中銀座へ行くことになっている。

閑原くんと久々の暇つぶし。それも新学期最初の暇つぶしだから朝から楽しみで仕方なかった。

食べ歩き、早くしたいなぁ～。

放課後の暇つぶしを心待ちにしていると、閑原くんから lime が入った。

朝からなんだろう？


『閑原くん♡：今日は日差し強くて暑いから、昼飯はどこかの店で軽く食べて、少し陽《ひ》が落ちてから谷中銀座へ行かないか？』


「おっけーっと」

わたしは閑原くんから送られてきた lime にそう返信する。

閑原くんって、気遣いのスペシャリストだよね。

いつもわたしのためを思ってくれて……嬉《うれ》しい。

夏休みはアイドルのお仕事で大変だったけど、閑原くんのおかげで夏の繁忙期をなんとか乗り越えられた。

今日は花火大会の時にもらった桜の髪留めも着けてきたし、閑原くんに気づいて欲しいなぁ。

またあの時みたいに可愛《かわい》いって言ってくれるかな？

そしたらまた、流れでキスしちゃったり……っ。

「〜〜〜っっ!!」

一人で頬を熱くしながら首をプルプル振る。

き、キスはやっぱりダメ！

あの時は、上手《うま》いこと誤魔化せたけど、次やったら……どうなっちゃうか分かんないし。

もし閑原くんが、わたしとの恋愛関係を望んでないとしたら……こうやって暇つぶしをする関係が無くなっちゃうかもしれない。

そんなの、絶対に嫌だ……。

でも男の子って何考えてるかわからないし、特に閑原くんは謎なことが多い。

ご両親のことは前に話してくれたけど、閑原くん自身の昔の話とか、中学の時のこととか全然知らない。

あと、閑原くんの好きな女子のタイプとかも知らないし……。

「──桜咲？」

わたしがムッと顔を顰《しか》めていると、前の引き戸から入ってきた閑原くんがわたしの机の前にいた。

「えっ……ひ、閑原くん」

「おはよーっ！　菜子ちゃん」

閑原くんの背後から詩乃ちゃんがひょこっと顔を出す。

詩乃ちゃんと、一緒なんだ。

「ふ、二人とも……おはよう」

わたしは複雑な心境で二人に挨拶をする。

朝から関原くんと一緒に登校できるなんて……羨ましいな。

それだけじゃなく、詩乃ちゃんは昔の関原くんをいっぱい知ってるし、幼馴染だから高校でも人目を気にせずに関原くんとお話しできる。

わたしなんて、高校の関原くんしか知らないし、学校で話しかけたら関原くんに怒られちゃうかも。

……詩乃ちゃんばっかり、ずるいなぁ。

「はっ……だ、ダメダメ！」

「ダメ？　どしたの菜子ちゃんそんな顔して。何か嫌なことでもあった？」

「ちがっ……えっと、ご、ごめん」

わたし、また一人で空回りしてる。

一人で焦って一人でしょぼんとして。

「やっぱそれ——似合ってるな」

わたしが顔を俯《うつむ》かせていると、関原くんの手がわたしの髪留めに触れた。

「えっ……」

「この髪留め、気に入ってくれたのか？」

「……っう、うん！」

何、焦ってたんだろ。

閑原くんはこうやって、いつもわたしのことを見ててくれる。

たくさん甘やかしてくれるし、エスコートしてくれる。

こうしている今が一番幸せなんだから。

「はぁ……航《こう》ったらまたやってる」

「〝また〟？」

「その無自覚イケメンムーブ！　それやるのは菜子ちゃんだけにしなよ？」

「なんだよ無自覚イケメンムーブって」

「今みたいに、急に菜子ちゃんの髪留めに触れたりするヤツ！」

「別に……似合ってると思ったから褒めただけだろ」

「そーいうとこ！」

「ええ……」

閑原くんは困った顔でわたしの方を見てくる。

助けてくれと言っているように思えるけど……。

「し、詩乃《しの》ちゃんの言う通りだよ、閑原くん」

「やーい、菜子ちゃんにも言われてるー」

「お、おい桜咲まで……はぁ」

閑原くんは珍しく困り顔になっていた。

☆☆

二学期最初の全校集会が終わると、初日ということもあって校内の大掃除があり、その後帰りのＨＲが行われてすぐに放課後になった。

全校集会の時間が表彰やら校長の話やらで押したこともあり、帰りのＨＲが終わる頃にはすでに十三時を回っていた。

駆け足で高校を出た俺は、相変わらず強い日差しを浴びながらいつもの空き地へ向かうと、そこには見るからにソワソワしてる桜咲が立っていた。

少し大きめに映る夏服の真っ白なブラウスと、シワひとつないグレーのスカート。

すっかり夏服姿の桜咲は空き地の前で俺が来るのを待ちながら、ローファーの踵《かかと》を上げたり下げたりしてその小さな体を上下にぴょこぴょこと動かしている。

「お待たせ桜咲。今日のお前、行く前からソワソワしてるな？」

「だ、だって！　久しぶりの暇つぶしなんだもん！」

久しぶりの暇つぶし……か。

今更だが俺たちの中の〝暇つぶし〟の定義って色々とバグってるような気もするが……まあいいか。

俺と桜咲《さくらざき》はギラギラした太陽の日差しに晒《さら》されながら、夏空の下を歩いた。

鉄板のように暑くなった地面を踏み締めるたびに、革靴の底から熱が上がってくる。

嫌気が差すくらい暑いのに、隣を歩く桜咲はケロッとした顔で全く汗をかいていない。

アイドルの桜咲にとって、ステージの上はこれと同等、もしくはそれ以上の熱気に包まれているから平気なのだろうか？

俺が不思議そうに桜咲の方を見つめていると、桜咲はその視線に気づいて俺と目を合わせてくる。

「ひ、関原くん、そんなに見つめて、どうしたの？」

「あぁ、すまん」

「久しぶりだからって、そんな見られると照れちゃうから！」

さっきまで平気そうだった桜咲の顔が突然、真っ赤になった。

この暑さは大丈夫なのに、ただ俺が見てたってだけでどうしてこんなゆでダコみたいに真っ赤になるんだよ。

赤面する桜咲と一緒に駅の方へ向かって歩き出す。

「谷中銀座って駅の西口の方にあるんだよね？　食べ歩き、早くしたいねっ」

「その前に昼メシをどうするか決めないとな」

「そうだった！　お昼どこで食べよっか？」

「一応、駅周辺のカフェを何軒か調べて来たんだが桜咲が好きなところで――」

自分のスマホを桜咲に渡そうとしたが、隣に桜咲の姿がない。

「え、桜咲っ？」

何かあったのかと思い焦って振り向くと、桜咲は先ほど渡った交差点の近くでなぜか足を止めていた。

「どうした桜咲？」

「関原くん！　わたしここがいい！」

「ここ？」

桜咲が指差していたのは駅から徒歩数分の場所に構えた小さな立ち食い蕎麦屋《そばや》だった。

「結構人が並んでるし、絶対美味《おい》しいんだよ！」

「確かにここの蕎麦は美味《うま》いが」

「関原くん行ったことあるの？」

「ああ、有名な店だからな」

「へーっ！」

「でも桜咲、カフェとかじゃなくていいのか？」

「ここがいい！　お蕎麦食べたい！」

こうなると桜咲は止められない。

暑いから昼飯はクーラーの効いた屋内でゆっくり食事がしたかったが、まさか立ち食い蕎麦になるとは。

俺と桜咲は列の最後尾に並び、順番が回ってくるのを待った。

前にはざっと七人ほどが並んでおり、小さな店ながらその人気さを窺《うかが》わせる。

ここは普通の蕎麦だけでなく太麺の蕎麦もあり、上に載《の》せる天ぷらの種類もかなり豊富で、常連客も多い。

しかもこの店、個人経営の店なのに年中無休の二十四時間営業だからいつ来ても開いてるんだよな。

今は昼時ということもあり、学生や会社員で混み合っていたが、立ち食い蕎麦屋なので回転は速い。

店先に並んで桜咲と一緒にメニューを見ながら数分待つと、すぐに店に入れた。

「冷たいお蕎麦大盛りで、トッピングはソーセージ天と巨大ゲソ天！　あとあとエビ天にミックス天と」

「載せすぎだろ」

「いいの！　あ、カレーもお願いしまーす」

「おいおいおいっ」

言った側《そば》から追加注文しやがって。相変わらずよく食べるな……。

桜咲が大量注文する隣で、俺は太麺そばを選び、巨大ゲソ天とコロッケを注文する。

そのまま会計を済ませると、凄《すご》い速さでさっき注文した蕎麦が出てきた。

さすが立ち食い蕎麦……回転の速さはこのスピードのおかげでもあるよな。

「わぁ、美味しそう～」

桜咲の蕎麦の上には天ぷらたちがぎゅうぎゅう詰めになっている。

天ぷら贅沢《ぜいたく》載せの蕎麦に追加でカレー……この後食べ歩きをするヤツの昼メシとは思えないな。

「閑原《ひまはら》くん、座れる席あるよ」

「おお、ラッキーだな」

この店は立ち食い蕎麦屋ではあるが、店内に数席だけ座れる席があり、たまたま入り口付近にある横並びの二人掛け席が空いたので、俺と桜咲はトレーを持って並んで座った。

「いただきますっ！　ズズッ――」

「食べるの速いなおい。どんだけ腹減ってたんだ」

「んん?!　このゲソの天ぷら、コリコリして凄い美味しいよっ！　お蕎麦とも相性抜群だし！」

桜咲は興奮気味にそう言って、さらに蕎麦を啜《すす》った。

オーバーリアクションにも思えるが、気持ちは良くわかる。ここの蕎麦屋は放課後に何度もリピートしたくなるくらい美味すぎるし値段も安い。

俺も太麺蕎麦を啜りながらこの店の看板メニューであるゲソ天を一口……っ！

ゲソのコリッとした食感といい、巨大ゆえの食べ応えといい、やはりここのゲソ天は、蕎麦との相性がバツグンだ。

これだけ美味くて値段も安い……この後食べ歩きの予定が無ければもう一ついきたいくらいだ。

ゲソ天の次は、俺が大好きなコロッケへ。

まずはサクサクのコロッケを一口食べて、その後、サクサクだった衣に蕎麦つゆをしっかり染みさせる。

するとさっきのサクサク食感とは打って変わって、コロッケ全体がしっとりした食感になり、出汁《だし》の味が染みてて最高。これこそコロッケ蕎麦の醍醐味《だいごみ》……。

俺がズルズルと蕎麦を啜っていると、隣に座る桜咲がジトッとした目つきでこっちを見ていた。

「じー」

「な、なんだよ。桜咲はソーセージ天とか、あるだろ」

「お出汁が染み染みのコロッケ、美味しそう……」

「ったく、仕方ないな」

蕎麦つゆが染み込んだコロッケは、簡単に箸で分けられるので、俺は半分を桜咲の器に移動させる。

「えへへ、ありがと関原くんっ」

可愛《かわい》い顔して食べ物のことになると強欲なんだよな……。

「あとその太麺も食べたい」

「図々《ずうずう》しすぎるだろっ」

「代わりに関原くんにはカレーを半分あげるからっ」

「いいよ別に。スプーンも一本しかないし」

「えー？　わたし、関原くんなら気にしな……っ」

「桜咲？」

「や、やっぱり気にする！　関原くんはお箸でカレー食べて！」

「無茶言うな！」

結局、スプーンをもう一本貰《もら》った。

☆☆

「美味しかった〜っ！　前に行った牛丼屋もボリューミーだったけど、天ぷら蕎麦も最高だった！　また一つ放課後のお楽しみが増えたね？」

牛丼屋といい立ち食い蕎麦といい……男女で行くチョイスとしてどうなのだろうか……。

「桜咲はさ、もっとこう……スイーツとかパンケーキとか、女子が好きそうなのには興味ないのか？」

「うーん。甘いのは嫌いじゃないけど……やっぱガッツリしたものをいっぱい食べたい！」

「お、おう………とても可愛さを売りにしてるアイドルの発言とは思えないな」

「閑原くんの影響もあるから！　わたしはもう、閑原くんの色に染まってるというか……」

「は？　色？」

「や、やっぱりなんでもない！」

「？」

荒ぶる桜咲と会話しながら歩いていると、俺たちは目的地に到着した。

「ほら桜咲、ここが谷中銀座《やなかぎんざ》だ」

日暮里駅の西口方面を真っ直《ます》ぐ歩いていくと、白くて背の高いアーチが見えてくる。

台東区谷中にある谷中銀座商店街。

都内の食べ歩きスポットとして有名な商店街であり、昔懐かしい下町の雰囲気を味わうことができる。

コロッケやメンチカツが並ぶ惣菜店《そうざいてん》や、観光客向けの土産物売り場、工芸品の店から和風スイーツの店まである。

「閑原くんっ！　まずはメンチカツメンチカツっ！」

「蕎麦屋であんだけ天ぷら食べといてまだ揚げ物いけるのかよ」

「食べたいっ！」

「あー、分かったから落ち着け。あの、メンチカツ二つお願いします」

「はいよっ！　四百円ね」

陽気な店主は手際良く小さな耐油紙にジューシーで熱々のメンチカツを包み込み、俺たちに手渡す。

狐色《きつね》の衣が気持ち良いほどサクッとしていて、中にギッシリと詰まった牛肉が口の中を支配する。

外で食べる揚げ物は格別……やっぱこれだよこれ。

「美味しいな、桜咲」

一心不乱にメンチカツを頬張る桜咲《さくらざき》。

なんかリスみたいで可愛いな。

桜咲を見ていたら、ふと店の前にあった芸能人たちの写真に目が留まる。

「芸能人も結構来てるみたいだが、この中で共演したことある芸能人ってどれくらいいるんだ？」

「えーっとねぇ、このシンガーソングライターの人と、この芸人さんっ。でも芸人さんの方はわたしのことちびっ子って言ってきたから嫌いっ」

「ちびっ子……ふっ」

「ちょっと！　笑わないでよ！」

「ま、まあ、桜咲はそこが人気の理由なんだから、いいじゃないか？」

「そうかもしれないけど……ちなみに閑原くんはさ……小さいほうが好き？」

「俺？」

「小さいわたしと、ちょっと大人なわたし、どっちが好きなのかなぁって」

小さい桜咲と大人な桜咲……？

小さいのはいつもの桜咲だとして、大人な桜咲……か。

今より胸が膨よかになって、あと背も伸びて、色っぽい感じなのだろうか。

『閑原くーん。菜子《なこ》お姉さんだよ～？　ちゅっ♡』

…………ないな。

「俺は今の桜咲の方がいい」

「そ、そうなの⁉　ふ、ふーん、関原くんがそう言うなら小さいままでもいいかな、なんて。店員さん、メンチカツもう一個！」

「小さいままでもって言った側から食うのかよ……」

桜咲はもう一つメンチカツを購入すると、二個目なのに一個目みたいな勢いで美味《おい》しそうに食べる。

「絶対太るぞ」

「アイドルには芸能の神様のご加護があるから太らないもーんっ」

芸能の神様も呆《あき》れてるだろ。

さっきからずっとご機嫌な様子の桜咲。

食べてる時はいつもご機嫌だし、桜咲が食べ歩きしてる様子はずっと見てられるな……。

「なぁ桜咲、次は甘いものでもどうだ？」

「甘いもの？」

「そこの焼きドーナツとか」

「うん！　焼きドーナツ大好き！」

俺は焼きドーナツ屋で焼きドーナツを二つ購入し、一つ桜咲に手渡す。

「むふぅ〜。ありがとー」

メンチカツを食べ終わった桜咲は、次に焼きドーナツを口にする。

あれだな。桜咲はとりあえず食べ物与えとけばいいな。

「焼きドーナツって、油っこくないから好きなんだー。ヘルシーだし」

「急に女子っぽいこと言いだしたな」

「ぽいじゃなくてちゃんと女の子だもん！」

蕎麦《そば》大盛り、カレー、メンチカツ二個、そして今は焼きドーナツを食べてる奴《やつ》に言われてもな……。

焼きドーナツは油で揚げずに焼くから、普通のドーナツより油分が少ないし、女性人気が高い。

実際この店の客も女子高生が多かった。

「うーん、甘いもの食べたから、次はまた塩気のあるもの食べたくなっちゃった」

「塩味と甘味の無限ループかよ……そんなに食べて本当に太らないのか？」

「うん。太るどころかいつも痩せちゃって。ダンスの先生にも、もっと食べろって言われちゃったんだけど」

「マジかよっ」

それ、他の女子の前で言ったら呪われそうだな。

まあ桜咲は最近さらに人気が出てきてハードなスケジュールこなしてるらしいから、少しでもストレス発散になるならいいか。

「そういや、前に桜咲のプロフィールをネットで見かけたけど、驚くほど体重が軽かったような」

「へ⁈　閑原《ひまはら》くん、わたしのプロフ見たの⁈」

「あ……いや」

「へぇ～、閑原くんがわたしのプロフをねぇ」

「なんだよ。ネットに出てるんだし、別に見てもいいだろ」

「わざわざわたしの名前とか検索してみたんだー？」

「それは………………」

珍しく主導権を握られているような……。

「いつも隣にいるやつのことなんだから、少しは気になるだろ」

「ふーん」

桜咲はニヤニヤしながらこっちを見てくる。

この含み笑い……無性に腹立つな。

「前にアイドルのわたしには興味ないって言ってたのに、本当はわたしのこと裏で推してたり？」

「それは無いって何度も言ってるだろ。俺にはいつもの桜咲がいればそれでいい」

「え……っ」

桜咲は目をぱちぱちさせて、頬を赤らめた。

「お、おい桜咲？」

「そ、そういうこと言っちゃうの、ズルいからっ！　もー！」

よく分からないが、桜咲は俺の背中をポカポカ叩《たた》いてきた。

な、なんなんだよ急に……。

「あれ？　ねえねえ閑原くん、あそこに木彫りの猫さんがいるよ！」

「ん？」

桜咲が指差した先には木で作られた猫の置物があった。

「可愛い～っ」

「谷中は猫の街って言われてるからな。木彫りの猫は七体あるらしいし、そこにある木彫りの猫もその一つってわけだ」

「へぇ……っ！　じゃあそれ探しながら歩こうよっ」

桜咲は目を光らせながら歩き出した。

☆☆

「これで七つだから……最後の猫さんみーっけ」

結局木彫りの猫が七体見つかるまで付き合わされた。

「七匹の猫さん見つけたし、なんか良いことあるかなぁ」

「あったらいいな」

「うん！」

桜咲は子供みたいに無邪気な笑みを浮かべて頷《うなず》く。

こういう子供っぽいところが、桜咲の良さなのかもしれないな。

商店街の反対側まで来たので、俺たちは駅に向かって来た道を戻ることに。

「食べ歩きはどうだった？」

「美味しかったし、楽しかった！　買ったらすぐ食べれるし、歩きながら食べるのも新鮮だった！」

「そっか。楽しめたなら良かったよ」

「そりゃ楽しいよっ、関原くんとならどこに行っても楽しいもんっ」

桜咲ははにかみながら言う。

俺とならどこでも。

「今から駅に向かって、来た道を戻るんでしょ？　帰りも食べ歩きしたいなぁ」

「ダメだ。晩御飯食べれなくなって怒られても知らないぞ」

「こ、子ども扱いしないでよっ！　晩ご飯は別腹だし」

果たして桜咲には何個胃袋があるのか……。

「お前は太らないいからいいかもしれないが、俺は普通に太るから却下だ」

「太った閑原くん……ぷっ、ちょっと見てみたいかも」

「やめろ、想像するな」

谷中銀座《やなかぎんざ》の駅側のアーチの前まで来ると、階段で観光客たちが、スマホを空に向けていた。

「みんな何やってるんだろ……？」

「ここから見える夕日を撮ってるんだと思う」

「夕日？」

「ここは『夕やけだんだん』って言って、谷中のこの階段は夕日が綺麗《きれい》に見えるってことで有名なスポットなんだよ」

「へえー！　あ、じゃあわたしたちも行こうよ閑原くんっ」

「お、おいっ」

桜咲に手を引かれて階段を上ると、いつぞやの不忍池《しのばずのいけ》の時みたいに、夕日をバックに自撮りのツーショットを撮ることに。

桜咲はスマホを左手で持ちながらインカメラにして、右手で俺の腕を引っ張り、カメラに収まるように身体《からだ》を寄せてきた。

桜咲の身体が、俺と重なる。

「さ、桜咲……」

「さっそく良いこと、あったね？」

「お……おう」

茜《あかね》色の夕日に照らされた桜咲は、嬉《うれ》しそうにはにかんだ。

自撮りの後も桜咲は階段から夕日の方を見つめて感嘆する。

夕日に夢中になっている桜咲を、俺はずっと見つめていた。

第二章　ご当地アイドルさんは暇人と遊びたい。

桜咲《さくらざき》と一緒に谷中銀座で食べ歩きをした翌日——。

「でさー！　監督はカバーが遅れたあたしが悪いって言うんだよ？　おかしくない？」

俺は、朝から部活の愚痴が絶えない七海沢《ななみさわ》と一緒に高校へ登校していた。

ただでさえ今日も猛暑日でイライラしてるのに、こいつの愚痴を聞かされて今にもストレスが限界突破しそうだ。

「航《こう》ったら聞いてんの?!」

「あぁはいはい、監督がウザいって話だろ？　聞いてる聞いてる」

昇降口の下駄箱《げたばこ》まで来た俺は、革靴を脱ぎながらウンザリした顔で答える。

耳にたこができそうなくらい同じ愚痴を何度も聞かされるこっちの身にもなってくれよ……。

革靴を下駄箱に入れようと思ったその時、俺は〝ある違和感〟を覚えた。

「ん……？」

上履きの踵《かかと》に指をかけて取り出すと、上履きの下に白い封筒が置かれていたのだ。

「航、なにこれ？」

「知らんが……」

なんだなんだ？　時代錯誤の果たし状か何かか？

七海沢が俺の下駄箱から取り出した両手サイズの白い封筒は、黄色いハートのシールで封がされていた。

俺は眠たい目を擦《こす》りながら七海沢の手の中にあるそれを凝視する。

「やけに洒落《しゃれ》た手紙だな？」

「これ………絶対ラブレターだよ航！　ハートのシールあるし！」

七海沢が言うように見た目はたしかにラブレターっぽいかもしれないが……。

「どうせイタズラだろ」

「たしかにイタズラの可能性もあるかもだけど……とりあえず、はい」

七海沢は周りを確認しながら俺の胸にラブレター（仮）を押し付けてくる。

「やけに潔いな。いつものお前なら『見ちゃおーっ』とか言って問答無用で開けるのに」

「さすがにガチのラブレターだった時、その子が可哀想《かわいそう》だから」

「可哀想って……いつもイタズラで俺のスマホのロックを勝手に解除してくるお前がそんなこと言うとは」

「こんな時に揚げ足取んな！」

「はいはい」

俺は七海沢から受け取ったラブレター（仮）のシールを剝がし、中にあった小さな便箋をチラッと確認する。

『今日の放課後、屋上で待ってます』

書いてあったのはただ、それだけ。

見たことのない字――どう見ても女子の筆跡だから男子からのイタズラの線は薄いだろう。

そもそも、俺は人畜無害な帰宅部の暇人だから嫌がらせをされる覚えはない……とすると、これは一体……。

七海沢は顔に憂色を浮かべながら、俺の手にあるラブレターから目を離さなかった。

「航……どうすんの？　もし本当に告られたら――」

「二人ともどうしたの？」

「「――っ⁉」」

俺たちが下駄箱の前で話していたら、ちょうど登校してきた桜咲が声をかけてきた。

「な！　菜子《なこ》ちゃんおはよーっ！」

「おはよう詩乃《しの》ちゃん。えっと、もしかして真剣なお話し中だった？」

「な！　なんでもない、ね、航？」

七海沢は早口で誤魔化しながら、話を合わせろと言わんばかりに瞼《まぶた》をぱちぱちさせる。

「おう。ちょっと政治的な話をな、あはは」

「そう？」

桜咲は首を傾《かし》げながら自分のローファーを下駄箱に入れて上履きに履き替えた。

「そうだ閑原《ひまはら》くんっ！　今日の放課後なんだけどっ」

桜咲の口から「放課後」というワードが出た途端、七海沢と俺の身体が同時にビクッと反応する。

「な、ななな菜子ちゃんっ！　今日あたし部活が休みの日なんだけど、良かったら二人で、ショッピングデートしない？」

「う、うん。もちろんいいけど……閑原くんは？」

「航は……えと」

七海沢は困り顔で俺の方を見てくる。

分かった分かった。

「俺はいい。たまには女子同士で行ってこいよ。俺みたいなのがいない方が、話しやすいこともあるだろ?」

「そうそう!　航がいたら菜子ちゃんと恋バナできないしっ!　航は一人寂しく牛丼屋にでも行きな〜」

「あぁ、そうさせてもらうよ」

七海沢は上手《うま》いこと俺を除《の》け者《もの》扱いした。

勉強は苦手なくせに変に機転が利くところがコミュ力お化けの七海沢らしいというか。

「なんかごめんね閑原くん」

何も知らない桜咲は、申し訳なさそうに謝ってきた。

「俺のことはいいから。たまには七海沢と二人で楽しんでこいよ」

「……う、うんっ」

これでいい……。

なんとなくだが、桜咲にだけはラブレターの件を伝えたくない。

俺はアイコンタクトで七海沢に『ありがとう』と伝えておいた。

☆☆

「じゃあね航～？　あたしは今から航の大切な菜子ちゃん寝取っちゃうから」

「勝手にしろ」

「ネトっちゃう？　なにそれ？　美味《おい》しいものとか？」

「うーん。人によっては美味しいと思うよ？　だって禁断の行為だし」

「禁断?!　どんな味なの?!」

「えーっと、まずは他人の恋人を」

「桜咲に余計なこと教えるな」

危うくR18方面の発言をしようとする七海沢の頭をチョップすると、七海沢はペロッと舌を出した。

「じゃあ航。また明日ね～」

「またね、関原くんっ」

俺は軽く手を振りながら校門の前で二人を見送った。

「……さてと、行くとするか」

俺は再び校舎に戻って、屋上へ足を進めた。

わざわざ放課後に俺を呼び出すなんて、どんな用件なんだか――――っ？

「え……」

屋上のドアを開けた瞬間に突風が吹き、屋上の真ん中にポツンと佇《たたず》んでいた金髪の女子生徒は、その長い髪を押さえながら振り向いた。

「お前は……恋《れん》、川《かわ》っ」

日が暮れ始めた時分の屋上にいたのは、ご当地アイドルの恋川美優《みゆ》だけだった。

誰もが二度見するくらいに美しく透き通った金色のロングヘアと、少し吊り目《つめ》で妖麗な眼差《まなざ》しを男子たちに向け、時折ゾクッとする一言で魅了する……まさに〝小悪魔〟女子。

スタイルも腰回りはキュッとしまっているのに、胸や太ももといった男子の目がつい行く所はふっくらしており、言葉や性格だけでなく容姿でも男子たちを誘惑する。

「お久しぶりです。〝関原さん〟っ？」

「?!」

以前、俺は彼女に傘を貸したことがあったが接点はそれだけ。それ以上の関係に発展していないし名前も教えていない。

あの時、傘は捨てて貰《もら》って構わないと言ったし、それ以降彼女に話しかけられたこともない。

それなのにどうして俺の名前を知っているのだろうか。

「今、あなたが思った事を当てます。どうして俺の名前を知ってるんだ？　ですよね」

「……っ」

「あなたの名前は関原航。帰宅部の暇人で成績はかなり優秀。身長１７５㎝で誕生日は一月十四日。そして何より……」

恋川は早歩きで俺との距離を一気に詰めると、俺の肩に自分の小さな顔を乗せられるくらいに近づいて、俺の耳元で「ふっ」と吐息を漏らす。

「あなたは人気現役ＪＫアイドルの、桜咲菜子ちゃんとお付き合いをしている」

それを耳にした瞬間、ゾクッと寒気がしたのと同時に恋川美優への警戒心が一気に強まった。

「っ?!　どうして桜咲のこと!」

俺は恋川から離れて間合いを取ると、彼女の方へ睨《にら》みを利かせた。

俺の身長とか誕生日とかの情報はまだしも、なぜ恋川美優が桜咲と俺の……っ。

「どこで知った?　もしストーカー行為をしたなら出るとこ出るが」

「そうですねぇ……関原さんと同じクラスの男子と一夜を共にしたって言ったら、興奮しますか?」

恋川が……俺のクラスの男子と……?。

俺のクラスってことは、まさか七海沢の運動部女子グループに絡んでる陽キャ男子たちの誰か……なのか?

「今、私とクラスメイトの男子が寝てるの想像しました？」

「しっ……してない！」

「ふふっ、安心してください。全部冗談ですよ？　遊んでるように見えるかもしれませんが、私、処女なので」

「…………っ」

「あれ？　もしかして安堵《あんど》しました？」

「す、するわけないだろ！」

俺が否定すると、恋川は呆《あき》れ顔《がお》でやれやれと肩を竦《すく》めた。

「アイドルが好きな男の人ってみんなそうですね。推しのあの子は彼氏がいない。あの子は絶対に処女だ。あの子は小中高女子校だったから恋をしたことがない……自分の理想を好き放題並べて」

「お前はさっきから何が言いたいんだ？」

「関原さんはどっちですか？　私のことを自分の理想というフィルターにかけるのか、それともありのままの私を見てくれるのか」

「どっちでもない。俺はお前に興味ないし」

ハッキリそう言い張ると、恋川は自分の胸元を弄《まさぐ》り、制服のボタンをプチンと一つ外す。

すると豊満な胸元が露出して、その肌色が俺の視界に飛び込んでくる。

「もし今、即決で私を選んでくださるなら……関原さんはこの身体《からだ》を初めて抱けますよ？」

「断る。さっきも言ったが俺はお前に興味がない」

「またそんなこと言って……ここに来てから八回、あなたは私の胸に視線を向けましたよね？」

「は、はあ?!」

「関原さんって菜子ちゃんみたいな可愛《かわい》い子が好みかと思ってましたが、結局私みたいなスタイルのいい子の方がお好きなんですか？」

「だから俺は！　桜咲《さくらざき》のことが好きなわけでもお前のことが好きなわけでも」

「じゃあ、自慰行為はいつもどういう女性でするんですか？」

「ぶっ！」

包み隠す気ゼロの直球な質問。

さっきから本当、なんなんだこいつ。

「高校生の男子が自慰をしてないなんてあり得ないですよね？　つまり関原さんはそういう類のものに無関心に見えて、実は何かしらで自分の溜《た》まりに溜まった性欲を発散してるってことです。それがあの純粋無垢《じゅんすいむく》な桜咲菜子なのか、それとも私のような胸と太ももが大きな女性なのか……さあ、どっちですか？」

「うるさいっ！　揶揄《からか》いたいだけなら俺は——」

帰ろうとすると、恋川は俺の左手を強引に摑《つか》んで、それを自分の右胸へと引っ張る。

恋川の胸に……俺の、手が……。

白いブラウス越しに恋川の体温が俺の左手に伝わってくる。

片手では収まらないくらいの胸の大きさと、身につけてる白い下着のザラッとした感触、そして何より恋川の胸は今まで触れたこともないような柔らかさ……って!!

「パシャリ、と」

「は？」

恋川は俺の手を摑んでるのとは逆の手でスマホを持っており、内カメラを俺の方に向けていた。

「これで現場は押さえました。あなたは私の胸を揉《も》んだ。その事実は揺るぎません」

しま……った。

「これで関原さんは私に逆らえないです♡」

いつの間にか俺は、完全に恋川にペースを握られていたのだ。

「さあどうします？　写真を消して欲しいのか、この写真を現像して菜子ちゃんの下駄箱《げたばこ》にぶち込まれたいか、選んでください」

「ご、強引すぎるだろ……」

「これはあくまで交渉ですから。もし消して欲しいなら——」

マジか、俺、脅されてるのか……。

一体、何を要求され――


「明日、私とデートしてくださいっ」


「で、デート……？」

「はいっ♡　土曜日なんですから、暇ですよね？」

何を要求されるかと思ったらデートだった。

金銭とかじゃなくてよかった……と思う反面、なぜ俺みたいな暇人とデートをしたいのか、という謎だけが残った。

「一体何が目的なんだ？」

「目的なんてありませんよ。昨日桜咲菜子《なこ》ちゃんと谷中銀座《やなかぎんざ》でしていたみたいに、閑原《ひまはら》さんがエスコートしてくださるならどこでも構いませんっ」

「お前、それを知ってるってことはやっぱストーキングして」

「菜子ちゃんとじゃイけないような所でも……いいんですよっ？」

「なっ……」

桜咲とは、行けない場所……だとっ。

それを聞いた瞬間、俺の頭の中にとある案が浮かび上がる。

桜咲とは行けないだろうな、とずっと思っていた場所が一つだけあったのだ。

そこには一人で行くつもりだったが……この一件を丸く収めるにはうってつけかもしれない。

「……分かった」

「本当ですか？　なーんだ。意外とノリノリなんですね？」

「時間とかはまた後で送るから、lime 教えてもらえるか？」

「はいっ」

俺みたいな暇人が、まともなデートを選ぶと思ったら大間違いだぞ恋川。

行き先は遠慮なく俺が決めさせてもらうとしよう。

☆☆

週末の土曜日。

ベージュのアンサンブルニットワンピースを着た私は、デートの前に美容室へ寄ってから閑原さんとの待ち合わせ場所へ向かう。

色んな男の子と一回きりのデートを繰り返してきたけど、こんなに張り切ってしまうのは初めて。

「楽しみ……なのかも」

傘を借りたあの雨の日からずっと……私は閑原さんのことが気になっていた。

これまで身体目当てで近づいてくる男子は嫌というほどいたけど、彼は違う。

傘を貸してくれたあの時の彼は、私のことを全くいやらしい目で見ていなかったし、傘を貸しても見返りを求めずにさっさと帰って行ってしまった。

私は自分の容姿やプロポーションに絶対的な自信があるし、私に興味を持たないなら、彼は一体誰に興味を持つのだろう……それが気になって仕方なかった。

彼が気になりだして入った夏休み。たまたま仕事で呼ばれた花火大会で、彼がメガネを掛けた女の子と遊んでいるのを見かけて、私の心は強く揺れ動いた。

私に対しては無関心な姿勢を貫いていた彼が、他の女子と楽しそうにしていたのを見た時、敗北感を味わったのと同時に、彼が欲しくて堪《たま》らなくなった。

新学期に入る前、私は過去に寄ってきた男子たちを利用して彼について調べることにした。

彼の名前は閑原航《こう》——帰宅部の暇人で、運動能力はそこそこだけど、学力は学年トップクラスという捻《ひね》くれた秀才。

そこまで交友関係が広くないものの、彼にはバレー部の一年生エースで幼馴染《おさななじみ》の七海沢《ななみさわ》詩乃《しの》という女子がいる。彼と近しい関係なのは彼女くらいだが、彼女はあの花火大会で関原さんといた女子ではない。体型が違いすぎる。

私はいつしか彼だけでなく、彼と付き合っている彼女のことも気になっていた。

私に無関心だった関原航がどんな女子と付き合っているのか、興味があったのだ。

するとつい先日、ご当地アイドルの仕事で谷中銀座を通りかかった時、私はまた関原さんを見かけた。

その時……私は知ったのだ。

隣にいた相手が——あの、ラズベリー・ホイップの〝桜咲菜子〟だと。


『磯子《いそご》〜、磯子〜』


乗っていた電車のドアが開く。

「やっと着いた……」

関原さんからデートの待ち合わせ場所に指定されたのは横浜駅の南にある磯子駅。

デートスポットなら東京にも山ほどあるのに、どうして横浜……？　と思ったものの、閑原さんはあの桜咲菜子を堕《お》とした男子なのだから、きっと意図があってのことだろう。

海が近いってことは浜辺でお散歩とか？

……そんなの、ありきたりでつまらない。

それに初めてのデートが浜辺ってそこそこセンスが終わってると思う。

私はこれまで、近づいてきた男子と何回か一回きりのデートをしてみたけど、どの男子も『居るだけで飽きない場所』を選んでいた。

例えばショッピングモールなら、凝ったデートプランを組まなくてもその場のノリでデートコースが決められる。

仮に会話が止まっても、近くの店に寄ればいいから、初デートには持ってこいの場所。

それに対して浜辺にあるのは一面に広がる海だけで、特別する事もない。

海を見てるだけなんて、会話を広げるにはハードルが高すぎる。

それなのにどうして閑原さんはこんな所に私を呼んだのか……。

「もしかして閑原さん、私と海に入りたいとか？」

でも水着を持って来いとは言われていない。

まさか自分で選んだ際どい水着を私に着せて楽しもうとしてる？

ふーん……閑原さんもなんだかんだで変態さんじゃないですか。

「おお恋川《れんかわ》。わざわざ遠くまで悪いな」

改札を抜けてすぐの場所で、関原さんは私を待っていた。

五分袖くらいの袖口が広い黒のハーフジップトップスに、グレーのデニムパンツという服装の関原さんは、肩に大きめの白いトートバッグを掛けている。

きっとあのトートバッグの中には、私に着せるいやらしい水着が入っているに違いない。

「この前お前から『桜咲とは行けない場所』って言われて、真っ先にここにしようって思ってさ」

そりゃ桜咲菜子のスレンダーな身体《からだ》じゃ、お子様みたいな水着しか着れないですもんね。

きっと関原さんが用意してる水着は、私くらい大きくないといけないってことでしょうけど。

「ここからはバスで移動だから」

「はいっ」

駅から十数分バスに乗り、二人で根岸湾まで移動する。

そして、関原さんに連れてこられた場所は海といえば海だった、けど………。

「……ひ、関原さん」

「ん？」

「デートの場所って、本当にここなんですか？」

「ああ、そうだけど」

「ど、どうして」

「？」

「どうしてデートで海釣りなんですかっ！！！」

閑原さんは私の想像の斜め上を突っ切って行った。

☆

☆

ここは根岸湾にある釣り施設。

誰でものんびり釣りを楽しめる場所で、黄色い手すりに囲まれた釣り座から釣りを楽しむことができる。

二人分の釣り具を借りて、入場券を買ってくると恋川に手渡す。

「気温は24度、天気は快晴……釣り日和だな」

昨日は曇りだったから心配していたが、天気が崩れなくてよかった。

燦々《さんさん》と照りつける太陽と寄せては返す波を見ながら、俺は持参した天然水のペットボトルをトートバッグの中から取り出す。

「喉が渇くと思って水とお茶を買って来たが、恋川はどっちが飲みたい？」

「じゃあ天然水の方を――――じゃなくて！　なんでせっかくのデートなのに釣りに来てるんですか！」

怒ってるからか柄にもなくノリツッコミを見せる恋川。

今日の恋川は、見るからに男受けの良さそうな肩が出るニットワンピースを着ており、髪もいつも以上にサラサラした透き通るような金髪ストレートで、高校生とは思えないくらいに大人びている。

「初めてのデートで釣りとか……あり得ないですよ」

「そんなこと言って、お前だって慣れた手つきで釣り竿《つざお》をキャストしてるじゃないか」

「そ、それはっ」

恋川はここに来てから初めてとは思えないくらい手際よく釣りの準備をするので内心驚いていた。

「そんなのどうでもいいですから！　それよりどうしてよりにもよって釣りなんです？東京なら他の選択肢がいくらでもありますよね？」

「恋川って見た目とか態度が大人びてるから、こういう暇つぶしにも付き合ってくれると思ったんだ。桜咲《さくらざき》を釣りに誘うのは……さすがに」

「桜咲菜子とじゃ行けない場所って言うのはそういう意味ではなくてっ！……はぁ。呆《あき》れてものも言えないです」

　恋川はさっき渡した天然水をぐびっと呷《あお》った。

「どうせお前のことだから、東京のデートスポットは行き尽くしてるだろ？　それとも他の男と行ったことのある場所へ行って比べるのが趣味だったりするか？」

「そんな趣味ないです、人聞きの悪い。そう言う閑原《ひまはら》さんの方こそ、実はここで菜子ちゃんと釣りしたことあるんじゃないですか？　それで菜子ちゃんと私を比べようと」

「それはない。ここはお前とじゃないとダメなんだ」

「えっ……」


「桜咲だったら、ものの数分で飽きる」

「は？」


　ぽりぽりお菓子を食べながら「もー飽きたよ閑原くーん！　ご飯行きたいー！」と地団駄を踏む桜咲の姿が容易に想像できる。

「な、なんか私……都合のいい女みたいに扱われてませんか？」

「写真で俺を脅して都合良く事を運んだお前には言われたくないんだが？」

「……もしかして、怒ってます？」

「当たり前だ」

「何はともあれ、私のおっぱい触れたんだから良かったじゃないですか」

「いいわけないだろ！　お前はそうやって他の男子にも触らせてんのか？」

「触らせるわけないです。関原さんは……特別ですから」

と、特別？

傘を貸した日以外、話したこともなかった俺が特別って……？

「良かったですね関原さん？　何はともあれ、私の胸を触ったのはあなたが初めてです。でもそれと同時に関原さんが初めて触った胸もこの私、恋川美優《みゆ》の胸ですよね？　その事実は今もこれからも変わりません♡」

「くっ……」

「今後、桜咲菜子《なこ》ちゃんと一緒にいても頭のどこかで『恋川の胸柔らかかったなぁ』って思い出しながら、菜子ちゃんのミニマムなお胸とわたしの大きくて柔らかい胸を比較してしまうことに罪悪感を覚えちゃうんです」

お、落ち着け……こいつの話に耳を傾けたら負けだ。

真に受けるな……俺。

「興奮しますか？　興奮しますよね、関原さん？」

「してない！」

「竿、反応しちゃってますよ♡」

「お前っ！　揶揄《からか》うのもいいかげんに」

「してますって、ほら」

「え？」

恋川は俺の竿……ではなく、釣竿を指差していた。

恋川に惑わされていたせいか、自分で持っていながら、竿が引いてるのに気づかなかった。

俺は慎重にリールを巻きながら、今日の一匹目を釣り上げた。

「……アジ、だな」

「もー閑原さんったら、さっきはどっちの竿を想像したんですか？」

「うるさい！　お、お前の日頃の言動が悪いんだ！」

「私のせいにするとか酷《ひど》いです。私のおかげで釣れたんだから、お礼の一つでも言ったらどうですか？」

「それは…………あ、ありがと」

「閑原さん、意外と簡単にデレますね？」

「デレてねえよ」

俺は釣ったアジをバケツに入れて、餌を付け直す。

今日はのんびり釣りをしたかったのに、恋川に振り回されまくってるような……。

恋川の方を横目で見ると、来た時の怒り顔から柔らかい表情に変わっていた。

「関原さんに先越されちゃいましたね。これでも私、釣り経験者なので、そろそろ本気出そうかと」

「やっぱりそうだったのか？　じゃあ今日は釣りに誘って正解だったな」

「結果オーライすぎません？　もし私が釣りもやったことない普通の女の子だったら、とっくに呆れて帰ってますよ」

「俺のこと写真で脅しといて贅沢《ぜいたく》言うな。普通に遊びに行くなら、もっとマシな所を選ぶに決まってんだろ」

「……なんかそれ、ムカつきますね」

「怒んなよ。この後は普通に」

「この後？」

「ああ、中華――んっ？　お前の竿来てるぞ」

「俺の、竿を、握れ？　まだお昼なのに関原さんったら大胆ですね」

「んなこと言ってねえよ！　早く巻けって」

恋川は上手《うま》い具合にリールを巻きながらアジを釣り上げた。

手慣れてるな……。

その後も俺と恋川《れんかわ》は、黄色い手すりの前に立ちながら魚が食いつくのを待った。

暇だな。恋川に何か話題振ってみるか。

「恋川ってさ、どうしてアイドルやってるんだ？」

「急になんですか？」

「お前のこと知りたいって思っただけだ」

「それってもしかしなくても私のことが好きってことなのでは」

「断じて違う」

スパッと言い放つと、恋川はわざとらしくぷくっと右頬を膨らませ、俺の質問に答え始める。

「私がご当地アイドルを始めたのは〝夢〟だったからです」

「夢……？」

「ご覧の通り、私ってめちゃくちゃ可愛《かわい》いじゃないですか？」

「自分で言うか」

「だって本当のことですし。それに胸も大きいから、中学の同級生男子はみんな私のこと好きだったんです」

「みんな……」

自分の激モテエピソードを誇らしげに話す恋川。

反論したいが、確かにこの容姿でこのキャラクターならモテない理由を探す方が難しい。

「けど、こんな私だったから……ちょっと思い上がっちゃって」

「思い上がる？」

「可愛いから絶対人気アイドルになれるって周りに煽《おだ》てられて、いざアイドルのオーディションを受けてみたら……現実が待ってました」

恋川は、持った釣り竿の先端を遠い目で見つめながら続ける。

「私は可愛いだけの女の子だったんです。愛嬌《あいきょう》があったり、歌がうまかったり、ダンスにキレがある子の方が、オーディションで軒並み評価が高くて。アイドルなんて可愛ければ誰でもなれると思っていた私は、見事に全部落ちちゃいました……要するに私は、井の中の蛙《かわず》だったんです」

さっきまで自信満々だった恋川だが、急に自虐的になり、別人のようにも思えた。

「……そっか」

俺は気の利いた言い回しが浮かばず、そう呟《つぶや》いた。

「もーっ、閑原さんダメダメです」

「なんだよダメダメって」

「こんなに私が感傷に浸ってるんですから、そこは『それでも恋川は可愛いんだからいいじゃないか！』って言って私のことを強引に抱きしめてくださいよ。そうしたら１００点満点だったのに」

「そんなテスト赤点にしといてくれ。興味ない」

「ふふっ」

恋川は小さく笑うと身体《からだ》を俺に近づけてきて、肩と肩が触れる距離まで寄ってくる。

「お、おい！　リールが絡まるだろ」

「大丈夫ですっ。それより関原さんって……本当に菜子ちゃんとえっちなことしてないんですか？」

「してないに決まってるだろ！」

「じゃあ練習でいいので、私としてみます？」

「……お前、この前はそういうことしたことないって言ってたけど、本当は色々と経験済みだろ」

「ないですって。なんなら処女かどうか、ベッドの上で確かめてみます？」

「……い、いい！　興味ない」

俺は髪が逆立つくらいに首を振って断る。

「でも処女なのは本当ですよ？　こんなに可愛い私をそんじょそこらの気持ち悪い男子に抱かせるわけないじゃないですか？」

「じゃあ俺もその気持ち悪い男子にカテゴライズしといてくれ」

「嫌です。だってあなたは臭くないから」

「く、臭い……？」

「欲に塗《まみ》れた人間は決まって臭いんです。物欲、性欲、独占欲……これまでデートした男子からはその臭いがしました」

臭いで判別できるとか、異能力者か何かなのか……？

「でも関原さんって不思議と臭くない……」

恋川はわざとらしく俺の方に鼻を近づけて、くんくん、と鼻をひくつかせる。

「むしろ良い匂いがします」

「か、嗅ぐなよっ、気持ち悪い」

「菜子ちゃんとデートする時もこの香水なんですか？」

「……お前には関係ないだろ」

「なるほどぉ。違うんですね？　やっぱり本命の女の子とそれ以外じゃ変えるものなんだぁ」

「同じだ同じ！　あぁ、お前めんどくさいな！」

「ふふっ。褒め言葉、ありがとうございますっ」

恋川と話してると調子狂うな……。

こんなに女子から揶揄われるのは初めてかもしれない。

あの七海沢《ななみさわ》でさえ、少しは話を落ち着かせるものだが、恋川の場合は立て続けに俺を揶揄ってくる。

実に話しづらい……。

「閑原《ひまはら》さんと話してると楽しいです。こんな人、初めて」

恋川はリールを巻きながら呟いた。

話に気を取られて気づかなかったけど、いつの間にか、恋川の方が俺より釣ってるな。

恋川はまた餌をつけると竿《さお》を振る。

「閑原さんも楽しいでしょ?」

「俺はお前に揶揄われて何も楽しくないんだが?」

「そんなこと言って、本当は満更でもなかったり」

「そろそろブチギレそうなんだが」

「もー、こんなことで怒るなんてお子様ですね?」

「はぁ……」

あー言えばこー言う……こりゃ黙ってた方がいいな。

俺は口を閉じて海の方をぼーっと眺める。

恋川ってもっと物静かなイメージだったが、よく喋《しゃべ》るな。

「私、探してたんです」

「？」

「私のことを笑顔にしてくれる……そんな人をずっと探してたんです。だから関原さん？」

「お、俺？」

「はいっ♡　おめでとうございます。あなたは選ばれました♡」

「最悪だな」

「ちょっ。嬉《うれ》しくないですか？　こんなに可愛くておっぱいの大きい私から迫られるなんて、他の男子からしたら垂涎《すいぜん》ものなのに。あ、それとも『俺は菜子一筋〜』ってやつですか？」

「そもそもの話なんだが、俺は桜咲《さくらざき》と付き合ってないぞ」

「え？……う、嘘《うそ》ですよね？」

恋川は目を丸くしながら驚いた様子で聞いてくる。

「あんなに近い距離感でお忍びデートみたいなことやってて……付き合ってないんですか？」

「お、おう」

「へ、へぇ……それなら私と付き合っても問題ないってことに」

「ならねえから」

俺が否定すると、恋川はムスッとしながらリールを巻いて、またしても魚を釣り上げた。

「よっと……これで私は三匹目です。関原さんはどうですか？　一匹目以降、全然釣れてないみたいですけど？」

「そ、そんなバンバン釣れたら、面白くないし、釣りっていうのはこうやってのんびりしてる方がいいだろ」

「ふふっ、負け惜しみとか言っちゃうんですね？」

「負け惜しみなんかじゃ」

「なら勝負しましょうよ。多く釣れた方が勝ちってことで。勝ったら、お互いに何でも一つお願いできるってのはどうですか？」

「……分かった。じゃあ俺が勝ったら、金輪際、俺を揶揄《からか》うな」

「ふふっ、いいですよ？　では、もし私が勝ったら……関原さんのことを〝航《こう》くん〟って呼ばせてもらいます」

意外だった。

もっとヤバそうな要求をされると思っていたが……そんなことでいいのか。

こうして俺と恋川の釣り対決が始まった……のだが。


——数時間後。

結局……俺は惨敗した。

勝負が始まってから急に口数が少なくなった恋川は、立て続けに魚を釣り上げて、合計で八匹の釣果を上げたが、それに対して俺は……。

「自分からこんな所に連れてきて、合計三匹とか……航くんカッコ悪いです～」

「ああー、お前が女子じゃなかったらブチ切れてバケツの中の魚をぶっかけてたかもしれないな」

「急に怖いこと言わないでくださいよ。ま、どうせ三匹しか釣れてないですし、怖くないですけどーっ」

「かけられたいか？」

「白昼堂々、私にぶっかけたいなんて……航くんのえっち♡」

「こいつ……っ」

「私の勝ちなんで今後は航くんと呼ばせてもらいますし、引き続き揶揄います。文句ないですよね？」

「くぅっ……！」

「よく三匹も釣れましたねー？　偉いですよ航くんっ♡」

「航くんざっこ♡」

恋川《れんかわ》は揶揄い気味に俺の頭を撫《な》でてくる。

く、屈辱的すぎる……。

終始ストレスで胃潰瘍になりそうだった。

☆☆

レンタルしていた釣り具の片付けを済ませて、俺たちは根岸湾から出た。

駅へ向かうバスが来ると、俺と恋川はバスの二人掛けの席に座る。

「いやぁ、釣りましたねー。あ、航くんは三匹だけでしたけど」

「まだそのネタで煽《あお》るのか？」

「はいっ♡」

こいつ……。

「どうしてそんなに釣り上手《うま》いんだよ」

「知りたいですか？」

「ああ。さっきは経験者って言ってたけど、誰から教えてもらったんだ？」

「分かりました。これ以上弱々な航くんをイジるのは流石《さすが》に可哀想《かわいそう》なので、私の秘密を教えてあげましょう」

恋川はそう言いながら人差し指を唇に当ててクスッと笑った。

「実は私の家、父子家庭なんです。だから私、昔から父親にべったりで。父が大好きな釣りにも幼い頃から付き添いで行っていたので、釣りは得意なんです」

それを聞き、とても俺を写真で脅してきた人物とは思えないくらい、恋川から人としての温かさを感じた。

父親の趣味に付き合ってるとか……意外と優しい所もあるんだな。

「顔がニヤけてますよ。私、何かおかしなこと言いました？」

「いや、ちょっと意外でさ。恋川って金髪にしてるし反抗期真っ盛りのイメージだったから」

「何ですかそれ。航くんこそ絶対反抗期ですよね？　反抗してそうな性格してますし」

「反抗してそうな性格って……失礼極まりないなお前」

「でも実際そうですよね。なんかずっとツンツンしてますし、どうせご両親の前では反抗的なんじゃないですか？」

「反抗なんてしないし、そもそも俺は、反抗する相手がいない」

「いない？」

「幼い頃に事故で両親を亡くして、今は叔母と二人で暮らしてる。だから俺を引き取ってくれた恩人である叔母に反抗しようとか思えないんだよ」

「……す、すみません。事情を知らなかったもので」

急にしおらしくなるので、俺も反応に困る。

「謝んなって、お前らしくない」

「いえ。親がいない辛《つら》さを知ってるからこそ申し訳ないと思いました」

「そう、か」

やっぱり恋川は悪い奴《やつ》とは思えない。

悪い奴と思えないからこそ、こうして脅されている現状を素直に怒れないのがむず痒《がゆ》いというか……。

まあ、今はそんなことよりも話を変えるとしよう。

俺が話を重たくしちゃったわけだしな。

「なあ恋川、この後って時間あるか？」

「はい。今日は一日空けてますから」

「なら良かった。実はこの後」

「もしかしてホテルで一緒に夜を明かそうってお誘いだったり？」

「全然違う。この後行きたいところがあるから一緒に行かないかって聞きたかったんだ」

「行きたい場所？　今日は釣りをしたら終わりなんじゃなかったんですか？」

流石に釣りだけ、というのもわざわざ横浜まで来たのに味気ないと感じていた俺は、もう一つのプランを用意していた。

「釣りに付き合わせちゃったし、そのお礼じゃないけど、もう少し付き合ってもらえると助かるっていうか」

「へぇ……」

恋川はニヤニヤしながら、その赤いネイルで俺の頬をツンッとつつく。

「ちゃんと釣りの後もデートコース用意してくれてるなんて、航くんも可愛《かわい》いところありますね？」

「やっぱ今日は駅で解散にするか」

「照れなくてもいいじゃないですかー！」

恋川はその金髪を揺らしながら、嬉しそうに俺の身体《からだ》も揺らしてくる。

「やめろって、バス酔いするだろっ」

「大丈夫ですよ、吐いたら私がしっかり介抱してあげますから」

「手遅れじゃねえか！」

俺が隣に座る恋川に揺らされながらも、俺たちはバスで駅まで戻ってきた。

「で、どこに行くんです？」

「横浜って言ったらあそこしかないだろ」

「……あそこ？」

「〝中華街〟だ」

☆☆

横浜中華街――日本三大中華街の一つで、数々の中華料理店が立ち並び異国情緒が漂う。

「わぁ……テレビでは何回か見たことあったんですけど、実際に来たのは初めてです」

俺もテレビでは何度も見たことがあったが、実際に来たのはこれが初めてだったりする。

「航くんっ、写真お願いしまーす」

中華街の入り口にある善隣門の前で恋川にスマホを渡され、写真を撮って欲しいとねだられたので、仕方なく撮ることに。

「私のプライベート写真を撮れるとか、航くんは幸せ者ですねー」

「どうでもいい」

「もーすぐそうやってー。私、普段は写真NGなんですよ？」

「……やっぱどうでもいい」

俺は恋川にスマホを返した。

すると恋川は俺の腕を引っ張り自分の身体を寄せるとスマホの内カメラで自撮りをした。

「お、おいっ！」

　さらに恋川は、わざと俺の腕を胸でサンドイッチしながらもう一枚自撮りをする。

「これでよしっと。このツーショットの自撮り写真を菜子《なこ》ちゃんの下駄箱《げたばこ》にぶち込まれたくなかったら私にデレてもらえます？」

「この前の写真といい、お前マジで容赦ないな」

「これもテクニックです」

　めんどくさい上にうざい。

　しかしこいつとのツーショットを桜咲に送られるのは困る。

「それで、デレるって？」

　俺は仕方なくその要求を呑《の》むことにした。

「とりあえず私のこと褒めてください。可愛いって」

「アイドルなのになんでそんな可愛い可愛い言って欲しいんだ？　いつもファンからチヤホヤされてるんじゃないのか？」

「そりゃ……ファンに言われるのと、言われたい人に言ってもらうのは違うじゃないですか」

「俺みたいなのに言われても嬉《うれ》しくないだろ」

「分かってないですね。もうなんでもいいから早く褒めてくださいっ！」

恋川は俺の身体を思いっきり揺らして急《せ》かしてくる。

面倒だが、写真を利用される方が面倒なことになるし、ここは端的に済ませよう。

「褒めるならなんでもいいんだな？」

「はいっ」

「……胸がデカい。以上」

「最低です」

最高の褒め言葉だな。

恋川を適当にあしらいながら俺は門を潜《くぐ》って中華街の中へと入っていく。

休日ということもあって観光客も多く来ており、中高生のカップルは足を止めながらスマホのカメラをあちこちに向けていた。

「そういえば恋川は変装しないのか？」

「変装ですか？」

「ああやって今は誰でも撮った写真をSNSに上げるし、もし俺とこんな所歩いてるのが出回ったらマズイだろ」

「全然大丈夫です。だって私、無名なんで」

「無名って……お前はアイドルなんだからそんなことないだろ」

俺がそう言うと、恋川はやれやれと言わんばかりに肩を竦《すく》めた。

「航《こう》くんって本当に何も分かってないですね。さっきも話しましたが私はあくまでご当地アイドルなんです。菜子ちゃんみたいな……キラキラな人気アイドルさんとは立ってる舞台が違うんですよ」

「舞台が……違う？」

　俺がイマイチピンと来てない顔をしていたからか、恋川はスマホを取り出してある動画を俺に見せた。

「これは秋葉原にある小さな常設劇場で行われた、私の所属する日暮里を中心に活動しているご当地アイドル〝サニー・パレット〟の公演です」

　その動画には制服のようなアイドル衣装を着た七人のメンバーが狭い横長のステージで歌って踊る姿が収められている。

　横並びでパフォーマンスをする七人の一番右隅には恋川の姿もあり、メンバーカラーと思われる紫色のリボンを付けて、どこかぎこちない笑顔を見せていた。

　アイドルたちのダンスや歌唱力、ステージの演出、そしてただでさえ狭い会場なのに最前列しかいない観客の入り……その全てが前に配信で見た桜咲《さくらざき》のラズベリー・ホイップのドーム公演とは比べるのが酷なくらいで、言葉が出なかった。

「いい加減察してもらえました？　私は菜子ちゃんみたいな超人気アイドルじゃないのですし、身バレとか気にしないでください」

「お、おお」

恋川《れんかわ》は自嘲しながら俺の袖を弱々しく引っ張る。

「失望しました？　私が名ばかりのアイドルだって知って……」

釣りの時から自信満々だった恋川の表情に陰りが見受けられた。

序列とか人気とか、アイドルに詳しくない俺にはよく分からないが、恋川はやけに気にしているようだ。

「失望も何も……そもそも俺はアイドルのお前を全く知らないし、期待もしてなければ失望もしない」

「……ふふっ」

「どうしてそこで笑うんだよ」

「航くんって私のことをエッチな目でも、アイドルっていう色眼鏡でも見てないから不思議です。菜子ちゃんもこういう所に惚《ほ》れたんでしょうか？」

「だから俺と桜咲はそんな関係じゃ……」

否定しようとすると恋川はまた急に身体を寄せてきて、俺の首筋に鼻を近づけてきた。

「航くんってアイドルを惹《ひ》きつけるフェロモンでも出てるんですかね。くんくん」

「だから嗅ぐなって！」

俺はすぐに恋川を引き剝がし、少し距離を置いて歩く。

「もー、せっかくのデートなんですからスキンシップくらいいいじゃないですか」

「せっかくも何もこっちは写真で脅されたから付き合ってやってるんだが？」

「その割には航くんも楽しそうですけど？」

「それは……と、とにかく、店予約してあるからさっさと行くぞ」

「予約？」

「昨日、食べ放題の店を予約しておいたんだよ。写真で脅されたとはいえ、今日は俺のワガママで釣りに付き合わせたからさ。そのお詫《わ》びに、どうだ？」

「航くん……嫌々デートに来た割に、やっぱノリノリですね」

「別にノリノリじゃねえ」

「えー？　楽しみじゃないなら予約なんかしないですよ！」

「ただ並んだりするのが嫌なだけだ」

「ふーん」

恋川は頬を緩めながら、またその赤いネイルで俺の頬をつつく。

「ありがとうございます、航くんっ」

「……っい、いいから行くぞ」

恋川と話してるとなんか調子狂うんだよな……。

☆☆

中華の油っこくも香ばしい匂いが漂う街中を歩き、俺たちは予約していた店に入る。

店内に入るとすぐに個室へと案内され、俺と恋川は中華料理店特有の回転テーブルを挟み、向かい合って座った。

「わざわざ個室を予約するって……航くん、なんかエッチなこと考えてました？」

「お前がアイドルだから念のため個室を予約しておいたんだよ」

「あぁ、そういう」

「それなのにお前ときたら、変装もしてないし」

「さっきも言いましたが、私は菜子ちゃんと違って無名ですのでお気遣いなく～」

恋川は自虐ネタを口にしながら、俺とは反対の席に座っていたのに、急に立ち上がって俺の隣の席に座り直した。

「やっぱこっちにしよっと」

「なんでこっちに」

「いいんです。文句言うなら……」

恋川はスマホのホーム画面を差し出す。

何かと思いながら見ると、ホーム画面の壁紙が、さっき門前で撮ったツーショットの写真になっていた。

「お前……卑怯《ひきょう》な」

「安心してください。私も鬼じゃないですしこれで脅すのは今日限定にしてあげます」

「そういう問題じゃ」

「ここの食べ放題って時間は二時間なんですよね？　ならどんどん食べましょうよ」

恋川は八重歯をチラッと見せて、小悪魔みたいな笑みを浮かべた。

俺たちはタッチパネルで次から次へと注文しながら、会話を続ける。

「それにしても航くんって、やっぱデート慣れしてますよね？　最初釣りに連れてかれた時はヤバい人だと思いましたが、こうやってちゃんとお店予約してるし」

「そりゃ男なら誰だって女子と出かけるってなれば色々考えるだろ。まぁ、今回に関しては、単に俺が釣りしたかったのと中華街に寄りたかったからってのもある」

「はぁ？　私は二の次って事ですか？」

「写真で脅されて腹立ってたから最初はそう思ってた。でも、意外と恋川って面白いし、今も恋川に楽しんでもらえたらって思う」

「…………っ」

「どうした？　急に黙って」

「航くんって……モテますよね？」

「は？　ないない。必要最低限の人間関係しか持たない俺がモテるわけないだろ」

「じゃあ航くんって女子と付き合ったことないんですか？」

「……」

「あるんですね？」

黙って誤魔化そうとしたが敢《あ》えなく失敗する。

「中学の頃に一回だけ……でも色々あってすぐ別れた」

「へー、どんな娘だったんです？」

「それは――」

その時、注文したものが運ばれてきた。

小籠包《ショーロンポー》に、フカヒレ餡《あん》掛《か》けチャーハン、あと肉まんと――って。

「おいおい、一気に頼みすぎだろ」

「食べ放題なんだからいいじゃないですかっ」

言いながら、恋川は小籠包の入った蒸籠《せいろ》の蓋を開けて目を輝かせる。

「いただきまーすっ。わぁ、凄《すご》い肉汁……」

桜咲ほどのスピードではないが、恋川は味わいながらテンポ良く食していく。

「すごい美味《おい》しいですよ！　冷凍食品のものとは全く違います！」

恋川は小籠包を食べながら興奮気味にそう言う。

にしてもこいつ……旨《うま》そうに食うなぁ。

「じゃあ、俺も」

「はいあーん」

恋川は今にも肉汁が溢《あふ》れ出そうな小籠包を手皿をしながら俺の口元まで運んでくる。

「……いや、自分で」

俺が箸を持とうとしたら、恋川は即座に自分のスマホを見せつけてくる。

「……こ、こいつ」

「航くん、あーんしてくださいっ」

恋川によって口元に運ばれた小籠包を、俺は致し方なく食べる。

なんだこの屈辱的な気持ちは。

恋川は俺が食べる様子を見ながら満足そうに笑っていた。

「ふふ。自分で食べれないなんて、航くんは赤ちゃんみたいでちゅねー」

「ここまで女子をぶん殴りたくなったのは生まれて初めてだ」

それはそうとこの小籠包、確かに市販のものとは格が違う。

ジューシーで溢れ出る肉汁の量が凄く、その上、肉汁そのものが旨すぎる。

「次はチャーハンでちゅよー」

餡掛けチャーハンをすくったレンゲを差し出しながら、ツーショット写真で脅してくる恋川。

調子に乗りやがって……。

争いたい気持ちをグッと抑えながら、俺は否応《いやおう》なしに食べさせられる。

餡の瀞《とろ》みといい、トロトロに煮込まれたフカヒレの味わいといい、これは病みつきになりそうだ。

俺は恋川の強引な幼児プレイにも動じず、純粋な心で食と向き合っていた。

「そういえばこの個室ってテレビも付いてるんですね」

恋川は部屋の片隅にあったテレビを見つけて電源をつけた。

すると——。

『こんにちはっ！　ストロベリー・ホイップの桜咲菜子《なこ》ですっ！』

「んっ?!」

テレビからその声が聞こえた瞬間、俺はむせ返った。

「あらぁ……航《こう》くんと私の浮気現場、テレビ越しに菜子ちゃんに見られちゃいましたね？」

「ゲホッ……う、浮気でもなんでもないだろ」

「その割には動揺してましたね？」

「不意打ちだったんだよ！」

何で動揺してんだよ、俺!!

☆☆

二時間の食べ放題が終わり、閑原《ひまはら》さんと一緒に店を出る頃にはすっかり夜になっていた。

「ごちそうさまです。航くんっ」

「まあ、今日は俺の暇つぶしに付き合わせちゃったし、そのお礼だと思ってくれ」

「ふふっ。脅されてる割にはやけに謙虚ですよね？」

「脅されてる件には変わらず腹が立ってるけど……せっかく休日に遊ぶんだから楽しい方がいいだろ？」

脅されてデートしてるのに、楽しい方がいい？

やっぱり閑原さんは……ちょっと変わってる。

他の男子なら私を見たら尻尾を振って近づいてくるのに閑原さんは違う。

常に自分のやりたいこと、自分の好きなことを中心に置いて生きている人だから、きっと彼の目には私よりも魅力的なものがたくさん映っているのだろう。

どれだけ私が周りから持て囃《はや》されてても、自分の目に適《かな》うものじゃなければ惹かれない。

彼はしっかり〝自分〟を持ってる。

他の男子と違う彼だからこそ、一緒にいたら新鮮で面白いことが待ってるはず。

それこそ私が求めた――唯一の人。

「この前の写真は今さっき消しました」

「どうせ家のPCに保存とかしてるんだろ？」

「仮に保存していたとしても……誰にも見せたくないです」

「は、はあ？　お前が桜咲《さくらざき》に見せるって脅すから今日は」

「気が変わったんです。私、航くんのことを独占したくなっちゃったので」

私はもう、心に決めてしまった。

「また遊びましょうね、絶対に」

関原航、彼こそが……私の求めていた唯一の人だと。

第三章　現役ＪＫアイドルさんは鎌倉デートに興味があるらしい。

『また遊びましょうね、絶対に』


横浜に行った翌週。

俺はいつも通り学食でパンを食べながら、横浜の帰りに恋川《れんかわ》から言われたその一言を思い出していた。

また恋川と……それはさすがにないだろ。

桜咲だけでもバレたら大炎上不可避なのに、ご当地アイドルの恋川とも繋《つな》がりを持ってたら大変なことになる。

アイドルファンでもアイドルオタクでもない俺にアイドルが近づいてくる理由が分からないが、謎の引力でも働いているのだろうか……？

「はぁ……」

スマホで芸能人の炎上記事を読みながら、明日は我が身だと思ってナーバスな気持ちに陥っていると、二人の生徒の人影が俺のテーブルの前で止まった。

「航っ、前の席座るよー」

七海沢《ななみさわ》と桜咲か…………ん？　でも今日は桜咲休みだったような。

スマホから顔を上げた時、そこにいたのは――。

「こんにちは、関原さん？」

まさかの恋川だった。

この二人って接点がないはずだが……。

「お前たち、友達、だったのか？」

「あれ？　航の方こそ、恋川ちゃんと知り合いなの？」

俺と七海沢はお互いにぽかんとしながら目を合わせる。

「関原さんには以前、傘を貸していただいたことがあって。その際に知り合いました」

恋川はニコニコしながら俺の代わりに答えた。

「七海沢こそ、どこで恋川と」

「あたし？　あたしは」

「七海沢さん、とてもお優しいんですよ？　先日私が、体育館裏で三年生の先輩に絡まれている所を助けてもらって。まるで王子様みたいですっ」

「も、もー、そんな褒めないでよ恋川ちゃん」

七海沢は照れながら恋川の肩を揺らす。

俺が恋川に傘を貸した六月時点では、七海沢は恋川と接点が無かったはず。

きっと恋川のことだから意図的に七海沢と接点を持ったに違いない。

俺が勝手な想像をしていると、恋川は俺の目を見ながら声に出さずに『せーかい』と口パクで伝えてくる。

俺の思考すら読めるのかよ……。

「ねえ見て七海沢さんと恋川さんが一緒にいるよ」

「すごっ、何あのツーショット」

「珍しい……」

バレー部期待の星である七海沢と小悪魔系女子《ビッチ》と噂《うわさ》されるご当地アイドルの恋川。

有名人同士の戯れに周りの生徒の視線が集まっていた。

当然ながら二人が注目されてるってことは、俺にも視線が集まるわけで……。

「誰あの男子」

「あの人……たしか桜咲さんともここにいたの見かけたけど、何者？」

「なんか暗そうな人だけど、二人の知り合いなのかな？」

とまあ、こうなる。

「関原さんどうかしました？　もし具合が悪いなら保健室に行きますか？」

七海沢の前だからか恋川は明らかに猫をかぶっている。

この前はあれだけ「航くん」とか呼んで揶揄《からか》ってきたくせに……。

恋川の狙いが分からない。

七海沢と接点を持ったってことは、また俺にちょっかいを出すのが目的に思えるが……。

もしも桜咲と恋川に接点ができたら、より一層面倒なことになりそうだな。

「閑原さんの周りには可愛《かわい》い子ばかりですね？　七海沢さんはもちろん、ほら、菜子ちゃんとも」

「あれ？　恋川ちゃんって菜子ちゃんとも知り合いなの？」

「はいっ、昨日の補習の際にお友達になりました。同じくアイドルで話も合ったので。閑原さんの話もしてましたよ？」

桜咲ぃぃ……！　何、絆《ほだ》されてんだよ！

同業者とはいえ、俺の話を知り合って数分の人間にベラベラ話しやがって……。

こりゃ、帰ったら電話でお説教だな。

「あたし売店行ってくるけど、二人は？」

「私はお弁当なので大丈夫です」

「俺ももう食ったから」

七海沢が席を外した瞬間、恋川の目つきがしっとりとする。

「航くんも罪な人ですね？　人気アイドルの菜子ちゃんだけじゃ飽き足らず、七海沢さんみたいなスポーツ女子とも関係を持って、さらに美少女である私まで自分の支配下に置こうとしてるなんて」

「はぁ……どこからツッコんで欲しい？　とりあえずお前の所からか？」

「お前から突っ込むなんて、航くん大胆っ♡」

「やかましい！」

　恋川は笑いながら自分の弁当の包みを開く。

　一段の小さな楕円形《だえんけい》の弁当箱が包まれており、蓋を開けると、中からゼリー飲料が出てきた。

「それ、弁当箱に入れて持ってくる意味あるのか？」

「食べた気分になるじゃないですか」

「……もしかしてお前〝ダイエット〟してんのか？」

「…………」

「中華街であれだけ食べたからか？」

「違いますけど？　私はこれが普通なので」

　絶対アレが原因だな。

　桜咲と一緒にいると感覚バグるけど、これが普通だよな……俺も最近、桜咲に合わせて色々食べてたら体重増えてたし。

「女の子にあんまり踏み入った話をすると、嫌われますよ？」

「俺的にはそれでも構わないんだが」

「本当にそうですか？　もし私が他の男子とイチャイチャしてたら、航《こう》くんは絶対に悔しくなりますよ？」

「ならんだろ」

「俺には菜子《なこ》ちゃんがいるから、ですか？」

「だから俺と桜咲はそういう関係じゃ」

「……なら今度二人の〝暇つぶし〟とやらに私も参加させてください」

「は？」

「二人がお付き合いをしてるということでしたら身を引くべきですが、そうでないのなら、別に構いませんよね？」

「仮に付き合っててもお前は引かないだろ」

「……次の暇つぶしの予定はありますか？」

「言わない」

「菜子ちゃんから今週末、鎌倉に行くと聞きました」

「桜咲ぃ……っ！」

何でベラベラ喋《しゃべ》ってんだよっ！

「それじゃ今週末はお二人のデートにお邪魔するので。よろしくお願いしますっ、航くん

♡」

一人ならまだしも、二人の現役ＪＫアイドルと一緒に出掛けるとか……俺、終わったな。

☆☆

その後、俺は家に帰ってから桜咲に lime で電話をかけた。

『やーやー閑原《ひまはら》くんっ。どしたの？』

「ちょっと聞きたいことあってさ」

『聞きたいこと？』

「桜咲って恋川美優《みゆ》と友達だったのか？」

『美優ちゃん？』

その呼び方から、二人の友好度が分かった。

七海沢と同様、桜咲もすでに猫を被《かぶ》った恋川と親しくなっていたのか。

『美優ちゃんとは、日曜日の補習の時に一緒になって、あっちから話しかけてきてくれたんだー。同じアイドルだから結構話が合って』

「へ、へぇ……」

『それでね！　この前わたしたちが谷中《やなか》へ行った時、美優ちゃんもご当地アイドルのお仕事で谷中銀座に来てたんだって！　そこで関原くんを見かけたらしくて』

てっきりストーキングされたのかと思っていたが、恋川は仕事で谷中に来てたのか。

それで俺と桜咲《さくらざき》の暇つぶしを見かけた……と。

偶然か必然か、それは恋川本人しか分からない。

『あと、今週末の鎌倉に、美優ちゃんも来るって聞いたんだけどさ』

「やっぱり嫌、か？」

そうだよな。恋川は知り合ったばかりだし、そもそも鎌倉の話は、俺と桜咲が二人で行こうって話してたんだし……。

『ううん、美優ちゃんも楽しみって言ってたから、全然おっけーだよ？』

「え……」

桜咲は、俺と二人じゃなくてもいいのか。

「…………」

『関原くん？　どうしたの？』

「なんでもない。じゃあ恋川にも集合時間とか伝えておく」

『うんっ！』

電話が終わると、俺はベッドに寝転びながら天井を見上げた。

俺……なんでこんな気持ちになってんだ。

そりゃ桜咲からしたら、恋川っていう新しい友達ができたんだから、嬉《うれ》しいに決まってる。

高校に友達がいないのがずっと悩みだったわけだし、七海沢以外の、それも同業者の友達。

そりゃ嬉しくて舞い上がるよな。

そんなの……わかってるんだが。

俺は頭の中で谷中銀座に行った後でした電話の内容を思い出す。

『関原くん！　今度は鎌倉で食べ歩きしたい！』

『ええ……鎌倉は遠いし、食べ歩きなら谷中でよくないか？』

『いいじゃんっ！　わたし関原くんと、鎌倉行きたいもんっ！』

『俺と……』

『約束！　次のお休みは、二人で鎌倉小旅行だからっ！』

って言ってたのは、桜咲の方だったのに。

「……もう、寝るか」

俺は瞼《まぶた》をゆっくり閉じた。

☆☆

――鎌倉当日。

「お待たせー、関原くんっ」

俺が鎌倉駅の前で二人を待っていると、恋川《れんかわ》と桜咲の二人が一緒に改札から出てきた。

いつも通り赤縁メガネを掛けた桜咲は、可愛らしいフリルの白いブラウスの上にネイビーのジャンパースカートを着ており、クルクルと編んだ長めのおさげを両肩に垂らしている。

隣の恋川はグレーのノースリーブのトップスにチェック柄のスカート、そして日焼け対策に薄手の白いシャツを羽織っていた。

桜咲に合わせているのか、この前横浜に行った時には「変装する必要はない」と言っていた恋川も、今日は黒いサングラスをかけて身バレ対策をしている。

「変装はしないいんじゃなかったのか？」

俺が恋川の耳元でそう問いかけると、恋川は小さく舌打ちして俺の方を横目で睨《にら》んでくる。

「菜子ちゃんが変装してるのに、ご当地とはいえ、同じアイドルの私がしてなかったらなんか負けてる感じがするじゃないですか。悪いですか？　文句あります？」

「ふん。航くんって意外と意地悪なこと言うんですね？」

「そんなに怒んなよ」

　恋川って桜咲のことを結構意識してるんだな。

「二人とも何話してるのー？」

　先を歩いていた桜咲が振り向き様に聞いてくる。

「菜子ちゃんの私服が可愛いって話をしてたんです。閑原さんも凄《すご》い好みだって」

「そんなこと言ってな」

「えへへぇ、そうなんだぁ？　閑原くんったら直接言ってくれればいいのに〜、ツンデレさんだなぁ〜」

「くっ……」

　なんでまた俺だけこんなことに……っ。

　自分でも分かるくらいに俺が赤面していると、恋川は「さっきの仕返しです♡」と耳打ちしながら不敵な笑みを溢《こぼ》した。

　俺が揶揄《からか》ったらその数倍の威力で返してくる。

　やはり恋川は手強《てごわ》い……。

「今日って、鎌倉で暇つぶし？　をするんですよね？　暇つぶしって具体的に何をするんです？」

「えっとねー、観光スポットを見て回ったり〜、一緒に食べ歩きしたり〜、のんびりお散歩したり〜」

「それ、ただのデートですよね？」

「で、デートじゃなくて暇つぶしなの！　ね、関原くん？」

「お……おう」

恋川は納得のいかない顔で首を傾《かし》げていたが、そっと俺の耳元に顔を寄せると、

「きっと菜子ちゃんは、航くんと遊ぶのをデートって言うのが恥ずかしいんですよ」

と言う。

「恥ずかしい？　なんで？」

「……はぁ。菜子ちゃんのことになると鈍感さんですねぇ」

桜咲が頑《かたく》なに〝暇つぶし〟というのは、デートって言うのが恥ずかしかったから、なのか？

「わぁぁっ」

駅の目の前にある小町通りに入ると、さっそく桜咲の目が輝き出した。

小町通りには女子が好きそうな洒落《しゃれ》たスイーツや、食べ歩きにぴったりなグルメの店が建ち並ぶ。

「関原くん！　わたしソフトクリーム食べたい！」

「分かった分かった」

桜咲に手を引っ張られ最初はソフトクリーム屋に。

「桜咲はバニラか？」

「うんっ！　関原くんは抹茶でしょ？」

「まあな。恋川はどうする？」

「…………」

「恋川？」

恋川はキョトンとした顔で俺たちの方を見ていた。

「二人って……なんか兄妹みたいですね。関原さんがお兄さんで、菜子ちゃんが妹さんみたいな」

何を言い出すかと思えば……。

俺と桜咲が兄妹とか、さすがに無理があるだろ。

「そ、そんなことないよっ！」

しっかり否定する桜咲。

そうだ。言ってやれ桜咲。

「わたしがお姉ちゃんだもん！」

「そうじゃないだろ！」

「へ？　だって閑原くんって甘えん坊だから」

「どこがだよ！　これまでどれだけお前を甘やかして来たのか忘れたのか？」

「ふふっ。仲良しさんなんですね」

恋川は微笑《ほほえ》みながら言ったが、その瞳の奥には何やら不穏なものが込められていた。

変なこと考えてなければいいが……。

「ソフトクリーム、私はチョコにしようかと。閑原さん、一口食べます？」

「いいよ別に」

「まあまあ、遠慮しないでくださいよ」

「閑原くん！　わたしのバニラもあるよ！」

二人は各々のソフトクリームを受け取ると、チョコとバニラのソフトクリームを俺の方に向けてくる。

「お、落ち着け、俺は」

「「どっちを食べるの？（食べます？）」」

「え、ええ……？」

「早くしないと溶けちゃいますよ？」

「閑原くん早くっ」

「あーもう分かったから。それじゃあ……ひ、一口ずつ」

俺は自分のソフトクリームに付いてたプラスチックのスプーンを手に取り、まずは桜咲のバニラを食べた。

ただ俺がソフトクリームを食べてるだけなのに、二人は真剣な眼差《まなざ》しで見てくる。

な、何だこの空気……。

「美味《お》しい？」

不安げに聞いてくるので、俺がこくりと頷《うなず》くと、桜咲は満面の笑みに変わって嬉しそうに自分のソフトクリームを口にした。

「さあ閑原《ひまはら》さん、次はこちらをどうぞ？」

食べるように促され、今度は恋川のチョコソフトを一口。

「菜子《なこ》ちゃんのを味わった後に私のまで味わうなんて……閑原さんったら強欲ですね？」

「言い方！　そ、それに、これはお前が食べろって」

「強制はしてないです。だから菜子ちゃんのソフトクリームだけでも良かったのに、私のまで食べてくれるなんて……優しいですね？」

「えへへー、だよねー？」

「どうして桜咲が照れるんだよ」

桜咲は照れながら、もう一つソフトクリームを頼もうと……って。

「待て待て！　ちゃっかりもう一個頼むな」

「いいじゃんっ、閑原くんの抹茶見てたら食べたくなったんだもん」

「なら俺のを分けてやるからそれで我慢しろって」

「むぅ……」

桜咲《さくらざき》はぷっくり頬を膨らませながらも、スプーンで俺の抹茶を食べると、一口で幸せそうな顔に戻る。

チョロいな……。

「菜子ちゃん……チョロいですね」

どうやら恋川も同じことを考えていたらしい。

「ちょ、チョロくないもん！」

桜咲は否定しながら、俺の抹茶ソフトをもう一口食べた。

おいおい……。

谷中《やなか》の時と同様に桜咲は食べ歩きが始まると止まらない。

「閑原くん！　次は名物の鎌倉焼食べようよ！」

饅頭《まんじゆう》。

「閑原くん閑原くんっ！　さくら餡《あん》のお団子だって！　美味しそ〜」

団子。

「たい焼きの実演販売もやってるよー！」

たい焼き。

「あ、ずんだスイーツだって！」

ずんだシェイク。

「肉まん食べたいっ！」

肉まん。

目に入ったものは全て食べる勢いで桜咲は食べ歩く。

「な、菜子ちゃん……そんなに食べて、色々と大丈夫なんですか？」

と、恋川に心配されると、桜咲は肉まんを食べながらこくこくと頷いた。

流石《さすが》の恋川でも次から次へと食べ歩く桜咲に若干引いてるようだ。

「ひ、閑原さんも菜子ちゃんに合わせて結構食べてますけど」

「桜咲はいつもこんな感じだし、俺も慣れた」

「慣れたって……二人とも太りますよ？」

「美優《みゆ》ちゃんもさ、我慢しないで今日くらい食べようよ？」

「私をデブ活の道に引き摺《ず》り込まないでください！」

「そんな強がってないでほらぁ〜、わたしの肉まん半分あげるー」

桜咲はナチュラルに恋川をこちら側へと引き摺り込もうとしている。

「え、でも、私は」

「いいからいいから～」

恋川《れんかわ》は弁当箱にゼリー飲料を入れるくらい色々と気にしてたもんな。

仕方ない。恋川を助けてやるか。

「な、なぁ、桜咲。恋川は」

「いいです閑原さん」

「は？」

恋川は片手で俺を制すると、桜咲から肉まんを受け取る。

「こうなったら菜子ちゃんに負けないように私も食べますから！」

「それ……お前が食べたいだけだろ」

「あくまで負けたくないだけです！」

桜咲の誘惑に負けた恋川は、その後、桜咲に負けじと食べ歩きを楽しんでいた。

週明けの昼メシはまた弁当箱にゼリー飲料が入ってることだろう。

☆☆

小町通りでわたしが食べ歩きを満喫していると、閑原くんが小さく笑った。

「関原くん？　どうしたの？」

「いや、桜咲はいつも通りだなって」

関原くんはそう言って、肉まんを食べるわたしのことを見ている。

いつも通りって……いつも通り〝可愛《かわい》い〟って意味なのかな？

関原くんはツンデレさんだし、きっとそういう意味だよね？

今日はお母さんに髪を編んで貰《もら》ったし、服もお気に入りのお洋服にして張り切ってきた分、凄《すご》い嬉《うれ》しい。

もっと褒めて欲しいなぁ……。

「恋川、そんな強がるなって。無理して食べなくても」

「べ、別に強がってないですから」

鎌倉で関原くんと合流した時から思ってたけど、関原くんと美優ちゃん、やけに仲が良いような。

美優ちゃんは関原くんから傘を借りて、それがきっかけで話すようになったって言ってたけど……それにしては距離が近い。

なんか……もやっとする。

なんだろうこの気持ち。

胸がきゅっと締まって、二人を見てると嫌な気持ちになって。

これって、この前詩乃《しの》ちゃんのことを羨ましく思った時と同じ気持ちだ……。

鎌倉の食べ歩きは楽しいし美味しい。

それなのになんだろう……心の中に漂うこの不快感。

「関原さんこそ、なんでそんなに食べて太らないいんですか！」

「お、俺にキレるなよ」

関原くんが、わたしや詩乃ちゃん以外の女子と自然に話しているのを初めて見たから、なのかな。

「ひ、関原くんっ」

わたしは思い切って関原くんの手を摑《つか》んで、自分の方に引っ張る。

「どうした桜咲？」

「次、ジェラート食べたい！」

「さっきソフトクリーム食べたのに」

「今日暑いからアイスは何個でもいけるの！」

わたしは必死にそう訴えながら、関原くんの手を離さない。

「桜咲……？」

こんなのワガママすぎるって自分でも分かってる。

でも関原くんは……わたしだけを甘やかしてくれなきゃ、嫌なんだもん。

わたしがムキになっていると、美優ちゃんがわたしの耳元に顔を近づけてくる。

「菜子ちゃん……いい目をするようになりましたね？」

「へ？　ど！　どういうこと?!」

美優ちゃんは不思議な子だ。

まるでわたしの全てを知り尽くしているような……。

☆☆

小町通りを満喫した後は、鶴岡八幡宮《つるがおかはちまんぐう》に参拝へ。

交差点の前に聳《そび》え立つ大きな三の鳥居の前で一礼してから入り、高台にある本宮までの真《ま》っ直《す》ぐ長い道のりを歩く。

「な、菜子ちゃん、結構食べましたね？」

「うん！　わたしたくさん食べないとヘロヘロになっちゃうから」

前を歩くアイドル二人のテンションには大きな差がある。

あれだけ食べても全く体型に変化がない桜咲と、さっきからやけに腹部を気にする恋川。

桜咲はケロッとしているが、恋川はどう見ても後悔していた。

「なんかごめんな恋川」

「同情しないでください。それじゃまるで、私が散々食べた挙句、罪悪感に苛《さいな》まれてるみたいじゃないですか」

「そうにしか見えないが」

本宮が近づいてくると、桜咲が俺の服をクイッと引っ張ってくる。

「鶴岡八幡宮にはどんなご利益があるの？」

「そうだな、源頼朝のエピソードにちなんだご利益が多いんだが……勝負運や出世運、あとは恋愛運とか」

「れ、恋愛……っ！」

恋愛運と聞いた瞬間、強い反応を示す桜咲。

「あれれ？　菜子ちゃんもしかして、気になる相手でもいるんですか？」

「ち、ちがっ」

さっきまで腹を気にしていた恋川だったが、桜咲を揶揄《からか》うチャンスと察するやいなや、急に元気を取り戻して桜咲に問いかける。

「いない……よ！」

「本当ですかぁ？」

「そう言う美優ちゃんの方こそ、好きな人いないの？」

突然ガールズトークが始まったので、俺は空気を読んで聞かないようにしてお……。

「いますよ？」

恋川はジッと俺の方を見つめながら言う。

「どこの誰とは言いませんけど。とっても優しくて、とっても賢くて……ちょっぴりツンデレな人です」

「へ、へー、好きな人、いるんだね……」

「菜子《なこ》ちゃんも本当はいるんじゃないですか？」

「……う、うん」

うんって……桜咲も年頃の女子らしく、ちゃんと恋愛とかしてるんだな……。

いつも隣にいる桜咲だからこそ、好きな相手がどんな奴《やつ》なのか気になる。

そりゃ芸能界には綺羅星《きらぼし》の如《ごと》くイケメンな俳優やアイドルがいるわけだし、桜咲がその中の誰かと恋愛をしていてもおかしくないが……。

男性アイドルとか若手イケメン俳優とかと仕事で共演することも多いだろうし……きっとそうに違いない。

「わたしが好きな人は、いつもわたしのそばにいてくれて、わたしのこと一番に応援してくれて、いつも大切に思ってくれる人……だから」

そばで一番に応援して、いつも大切に思ってくれる……ってことはまさか、マネージャーか？

でも前にマネージャーは女性だって桜咲《さくらざき》本人が言ってたし……だとすると別の関係者なんじゃ。

……い、いやいや、なんでこんなに桜咲の好きな相手が気になってんだ……！

「ふーん。お互い、恋愛が成就するといいですね？」

「う、うんっ！」

二人の間には女子特有の友情が生まれていた。

恋愛成就……か。

片方はずっと俺の方を見ていたが……。

「私は別に意中の相手が閑原《ひまはら》さんだなんて一言も言ってないですけど？」

「だから俺の脳内を勝手に読むなって……学食の時にも思ったけど、どうやって俺の思考読んでるんだよ」

「顔を見れば分かります。あと匂い」

「もー！　二人とも何コソコソ話してるの？」

俺と恋川が小声で会話をしていたら、桜咲が怒って会話を遮ってくる。

「……恋川が俺の考えてること分かるって言うから」

「閑原くんの考えてること？　それならわたしも分かるもん！」

「桜咲が？」

「むむぅぅぅ……分かった！　お腹空《なかす》いたとか？」

「それはお前だろ。まさかもうお腹空いたのか？」

「えへへー」

「仕方ない。参拝が終わったら近くのカフェに寄るか」

俺が提案すると、桜咲が「やったー！」と両手を上げて喜んだ。

その一方で恋川は、引き攣《つ》った顔で俺たちを見る。

「え、ま、まだ、食べるんですか……？」

恋川は驚愕《きょうがく》の表情で自分の腹を押さえていた。

☆☆

本宮で参拝を済ませると、桜咲の要望通り近くのカフェに寄り、この後のルートについて話すことに。

白を基調としたシックな椅子や壁紙のカフェ。

桜咲と恋川は奥の席に並んで座り、俺は反対側の椅子に腰を下ろした。

「この後は江ノ電に乗って由比《ゆい》ヶ浜《はま》の方に行くがいいか？」

俺はこの後の予定を伝えたのだが、

「私はアイスティーにします。菜子ちゃんはどうします？」

「わたしはアイスカフェラテとチーズケーキ」

「お前らなぁ」

メニューに夢中な二人は俺の話に聞く耳を持っていなかった。

先に注文を済ませると、桜咲が席を立つ。

「わたし、ちょっとお手洗いに」

「ああ」

桜咲が席を離れ、残された俺と恋川《れんかわ》は無言で向かい合っている。

さっきまでずっと三人で行動していたから、急に二人になると何か気まずい。

特に恋川の場合は腹の底が読めないから、今は何を考えているのか分からないし。

「あの」

俺が黙っていると、恋川が先に話を切り出した。

「航《こう》くんが菜子ちゃんと付き合ってないって話、どうやら本当みたいですね？」

「俺が嘘《うそ》ついてると思ってたのか？」

「いいえ。嘘の方が私にとって都合が良いですから」

恋川はお冷を口にすると喉を潤す。

都合がいいって……。

きっと俺を動揺させるために思わせぶりなことを言ってるだけだ。

「ところで航くんは菜子ちゃんと知り合ってどれくらいなんですか？」

「四ヶ月くらい」

「へぇ……デートは何回したんですか？」

「あのな、そんなこと聞いてお前に何の得があるんだ？　趣味悪いぞ」

「損得勘定で聞いてないです。ただ航くんと初めて話した時、航くんは私に興味を示してくれなかったじゃないですか。それって菜子ちゃんの影響もあるのかなって」

「桜咲の影響……？」

「菜子ちゃんのことで頭がいっぱいだったから、こんなに可愛《かわい》い私に惹《ひ》かれなかったのかと思って」

「自分の容姿に自信持ちすぎだろ」

「でも実際私って可愛いですよね？　スタイルも良いですし」

恋川は上目遣いでわざとらしく自分の胸元を指でなぞった。

服の上からでも分かるくらいに弾力が……って何を力説してるんだ俺は。

「航くんったら見過ぎです」

「見てない」

「ふふっ。そんなに興味があるならこの後――」

「この後何するの？」

「「っ?!」」

薄ピンク色のハンカチを持った桜咲が席に戻ってきた。

「お、お帰りなさい菜子ちゃんっ」

こいつ、即座に猫かぶりモードに戻りやがって。

「ねえねえ！　この後何するの？」

「それは……由比ヶ浜まで行く話をしてたんだ」

「由比ヶ浜……ってことは海に行くの?!」

「もう九月だし、浜までだけどな」

桜咲は「やったー！」と笑みを溢《こぼ》しながら恋川の隣に座った。

「わたしね！　お友達と海に行くの憧れだったの。ずっとお友達ゼロだったから、高校では絶対にお友達つくって行きたいって思ってたんだー」

「え……？」

恋川は呆気《あつけ》に取られた顔になる。

「も、もー冗談キツいですよ菜子ちゃん」

「冗談？　わたし何も冗談なんて言ってないよ？」

「え、だって菜子ちゃんに友達がいなかったとか……嘘ですよね？」

俺が桜咲と初めて会った時も同じこと思ったな。

「美優《みゆ》ちゃん、関原くんと同じこと言ってる」

桜咲は苦笑しながら俺の方を向いてコソッと呟《つぶや》く。

そりゃ、人気アイドル桜咲菜子のリアルを知ったら、誰でも驚くだろう。

「わたしね、たくさんのお友達を作るより詩乃《しの》ちゃんや関原くん、それに美優ちゃんとお友達になれた今が一番幸せだなって思うから」

桜咲の神々しい良い子オーラが恋川の薄汚れた裏の顔を浄化していく。

「恋川もこれくらい素直になれよ」

「うるさいです航く……ひ、関原さんは黙ってください」

余計なこと言ったら恋川に睨《にら》まれた。

今、猫被《ねこかぶ》りモードと裏の顔が混在していたような……。

「そういう関原さんこそ、もっと素直になったらどうです？　ね、菜子ちゃん？」

「え？　わたしはツンデレさんな関原くんもいいなって、思うけど」

同調して欲しかった恋川は、不貞腐《ふてくさ》れながら紙ストローの袋を弄《いじ》っていた。

「残念だったな恋川」

「後で由比ヶ浜に埋めますよ？」

「み、美優ちゃん？　急に怖いこと言ってどうしたの？」

「安心してくださいね菜子ちゃん。一緒に砂のお城を作ろうって意味ですから♡」

その誤魔化し方は無理があるだろ。

☆☆

昼過ぎから小町通りで食べ歩きして、鶴岡八幡宮《つるがおかはちまんぐう》を参拝、桜咲の小腹を満たすためのカフェ休憩が終わり、最後は由比ヶ浜へ。

「海見えてきたよ！　海だよ閑原くん！」

「興奮しすぎだろ」

「だって海に来るのはグラビアの撮影以来なんだもんっ」

由比ヶ浜の手前にある道路の交差点を渡ると、桜咲が海を指差しながら興奮気味に浜の方へと下りて行った。

俺と恋川は保護者のような気持ちで、はしゃぐ桜咲についていく。

グラビアって、前に桜咲から貰《もら》ったやつだよな？

あの写真に映る桜咲も今と同じ感じで、ずっとはしゃいでたような……。

「閑原くんっ、写真撮ってー！」

「はいはい」

俺はポケットからスマホを取り出して、浜辺を歩く桜咲にカメラを向ける。

「美優ちゃんも一緒に写ろうよー」

「私も？」

桜咲に手を引かれ、恋川は海の方へ移動する。

陽光を反射する由比ヶ浜の海をバックに、恋川と桜咲が並んだ。

「一緒に手でハート作らない？」

「もー、恥ずかしいですよ菜子《なこ》ちゃん」

現役ＪＫアイドル桜咲菜子とご当地アイドル恋川美優のツーショット。

二人を応援してるアイドル好きにとっては垂涎物《すいぜんもの》かもしれない。

写真を撮った後、桜咲は砂浜を散歩していたミニチュアシュナウザーを見つけると、すぐに駆け寄って飼い主のお姉さんに触ってもいいか許可を貰っていた。

またしても俺と恋川は保護者モードで、犬と戯れる桜咲を離れた場所から見守る。

「ところで航くん。帰ったらさっきの写真で〝ナニ〟するんですか？」

「お前らのツーショット写真か？　別に何もしないし、桜咲に送ったら削除する」

「嘘つき。どうせ菜子ちゃん専用フォルダに保存するくせに」

「しねえよ」

「どうですか、ねっ」

　恋川はスッと俺の手にあるスマホを掻《か》っ攫《さら》うと、スマホの写真アプリを開いた。

「お、おい！　勝手に見るなって」

「……あった。フォルダ名『桜咲《さくらざき》』」

　恋川はニヤッと薄ら笑いを浮かべて、フォルダを開く。

「違っ、そこには……」

「っ？」

『桜咲』という俺の写真フォルダには、桜咲と一緒に歩いた暇つぶしのスポットやグルメの写真がまとめられているのだ。

　期待外れと言わんばかりに恋川はため息を吐《つ》きながら俺にスマホを返す。

「……こんなの私の望んだ展開じゃないです。そこは菜子ちゃんの写真をまとめておいてくださいよ」

「知るかよ」

「航くんって、本当に菜子ちゃん単推しじゃないんですねー」

「た、単推しってなんだ？」

「そんな用語も分からないとか……はぁ」

　恋川は勝手に呆《あき》れながら、散歩中の犬と戯れる桜咲の方を遠い目で見つめた。

「アイドルオタクでもないくせに、人気アイドル桜咲菜子と毎日デートデートデート。いつか痛い目に遭いますよ？」

「……俺だって、何も考えずに桜咲と一緒に行動してるわけじゃない。バレたらいつかは……終わりが来るって分かってる」

桜咲の笑顔を見ていると、不思議とまた笑顔になって欲しいと思える。

だから俺は、桜咲のどんな要求も受け入れてしまうのかもしれない。

でも……アイドルの桜咲菜子と一般人の俺がこうして一緒に遊んでいることが公になってしまったら、その時が俺たちの暇つぶしの終わりになる。

俺たちが話していると、犬にお別れした桜咲が戻ってきた。

「閑原《ひまはら》くん、今度ペットショップ行こう！」

「今の犬が可愛かったからって衝動的すぎるだろ。ダメだ。犬を飼うっていうのは大きな責任が」

「見に行くだけだからー！」

「ふふっ、やっぱり二人は兄妹みたいですね？」

「どこがだよ」

「たっち」

「急になんだ桜咲」

「閑原くん鬼ねっ、鬼ごっこスタートー！」

「あのな、俺たちはもう高校生なんだし、そんなガキくさいことするわけ」

「関原さーん、早くー」

「お前も乗るのかよ」

シーズンが終わってすっかり人の少なくなった由比ヶ浜《ゆいはま》で、俺はアイドル二人と鬼ごっこをする羽目に……。

「はぁ……」

☆☆

夕暮れの由比ヶ浜を後にした俺たちは電車で帰宅の途についた。

今日一日ずっとはしゃいでいた桜咲は、帰りの電車に揺られて、いつの間にか眠ってしまった。

そろそろ桜咲が降りる駅なんだが……。

桜咲の降りる一つ前の駅で恋川《れんかわ》は降りるらしく、恋川は駅が近くなると俺の方を見て小声で話し始めた。

「今日は二人がいつもしてる暇つぶしを堪能させてもらいました。今度は……また私と二人でしましょうね？」

言うと思った。

恋川は降車してからも、俺の方に軽く手を振り、ウインクを残して帰って行った。

「さてと……桜咲をどうしたものか」

俺が降りる駅はもっと先だし、さっきから何度桜咲を起こしても寝ぼけた生返事でウトウトしてるから心配だ。

「起きろ桜咲、次の駅で降りるぞ」

「ん～？　ひまはらくん？」

「お、おい大丈夫なのか」

「……えへへぇ、しゅきー」

しょぼしょぼした目で何かよくわからないことを呟いている桜咲。

ダメだこりゃ。

このまま一人で帰らせるわけにもいかず、俺は寝ぼけた桜咲の手を取りながら、一緒に次の駅で降りると、桜咲邸まで桜咲を送ることにした。

駅から少し離れると、突然桜咲が俺の手を強く引っ張ってくる。

「おんぶ……して？」

「はあ?!　いや、それはさすがに人目につくし」

「ひまはらくんおんぶして！」

桜咲って寝ぼけてるとこんなに駄々っ子になるのか……。

駅の前でこれ以上駄々をこねられても困るので、俺は仕方なく桜咲を背負って桜咲の家の方へと歩き出した。

桜咲の小さな膨らみが背中に当たり、可愛《かわい》らしい寝息が聞こえてくる。

鎌倉で恋川から兄妹みたいって二回くらい言われたけど……あながち間違いではないのかもしれない。

自分に妹がいたら、きっとこんな感じなのだろうか。

三歳の時に父さんと母さんが亡くならなかったら、俺にも妹や弟が——。

「ひまはらくん……」

「ん？」

「……えへへ。もっとなでて？」

どうやら夢の中に俺が出てきているようだ。

変な夢じゃないといいが。

「ひまはらくんのこゆび、甘くて美味《おい》しいね？」

どんな夢見てんだっ！

桜咲の見てる夢が気になっていたら、桜咲邸が見えてきた。

「……やっぱ何度見ても広いな」

高級住宅街にある和風建築の桜咲邸に到着すると、俺は桜咲を背負って門の前まで来る。

「寝たままだし……インターホンでお母さんを呼んだ方がいいか」

俺がインターホンの呼び出しボタンを押すと、玄関から桜咲のお母さんとは思えない大きな人影が出て来……って、まさかこの人。

「……菜子を、送ってくれたんだな？」

「は……はい」

絶対桜咲のお父さんだ。

第四章　現役ＪＫアイドルさんの両親は暇人に興味があるらしい。

俺が桜咲邸のインターホンのボタンを押すと、桜咲邸から出て来たのは華奢《きゃしゃ》な身体《からだ》のお母さんではなく、筋骨隆々でアスリートのような体型をしたスーツ姿の男性。

黒縁のメガネを掛けたその男性は俺よりも10センチくらい背が高く、着ているスーツの襟元にはＳＤＧｓのバッジを付けており、そのシュッとした佇《たたず》まいからしていかにもデキるビジネスマンの風格がある。

「上がってくれ」

「え？　でも」

「いいから。娘を送ってもらって茶の一つも出せないと思われたら桜咲家の名折れだ」

見た目だけじゃなく内面もプライドが高そうな人だ。

桜咲のお父さん……なんだよな？

文化祭の日の夜に桜咲とビデオ通話をしてたらお父さんが入って来たことがあったが、その時の声とほぼ一致していることから、俺は察した。

俺は背中で眠る桜咲を起こさないようにゆっくりと桜咲邸の門をくぐる。

桜咲邸の中に入ると、横に広い二階建ての和風建築の家が目に飛び込んできて、その前には広々とした庭園もあった。

ここはアレか？　有形文化財か何かか？

「早く来なさい」

「は、はいっ」

お父さんに言われ、俺は家に繋《つな》がる敷石のアプローチを歩いて玄関まで行く。

「あら閑原さん」

ちょうど玄関の引き戸が開き、家の中から桜咲のお母さんが顔を出す。

相変わらず高校生の娘がいる母親とは思えないくらい若々しい肌艶をしており、花火大会の帰りに会った時と同様、純白の着物姿だった。

「眠ってしまった菜子《なこ》を、彼がここまで送ってくれたらしい。私は今から着替えのついでに菜子を部屋のベッドに寝かせてくるから、蜜《みつ》は彼を客間まで案内してなさい」

「分かりました一成《いっせい》さん」

お父さんは、俺の背中で寝ていた桜咲を両腕で抱えると、そのまま玄関の近くにある階段を上っていった。

「わざわざ菜子を送っていただき、ありがとうございました」

「い、いえいえ」

「菜子ったらお外で寝るだなんて……よほど閑原さんに対して気を許しているのですね」

ただ遊び疲れただけだと思うが……。

「それでは、一成さんのお着替えが終わるまで和室の方でお茶でもどうぞ」

「は……はい」

桜咲《さくらざき》の家に入るのは当然ながら初めてのことで、俺はかなり緊張しながらお母さんの後について埃《ほこり》一つない長い廊下を歩く。

「こちらへ」

広々とした畳敷きの和室まで案内される。

床の間には見るからに高級そうな掛け軸と大輪の花が飾られていた。

ここに後からお父さんも来るんだよな……何を言われるんだろうか。

俺は緊張した面持ちで入室すると、座卓の前にある座布団へ座るように促されて正座する。

「閑原さん、緊張していらっしゃるのですか？」

「はい……」

「大丈夫ですよ。主人はあなたのことを認めておりますから」

とてもそんな風には見えなかったのだが。

「今からお茶を淹《い》れて参りますので、少々席を外します。どうぞ楽な姿勢でお待ちください」

そう言ってお母さんは襖《ふすま》をゆっくり閉めて和室を後にした。

今のうちに帰りが遅くなるって道子《みちこ》さんに伝えておくか。

道子さんにlimeを送っていたら、襖が開き、お母さんが戻ってきた。

「粗茶ですが……」

「ど、どうも」

「先日は主人が海外出張に出る事になり、こちらからお会いしたいとお願いしたにもかかわらず申し訳ございませんでした」

「いえそんな……全然気にしてないので」

むしろこの話は流れて欲しいと切に願っていたのだが。

「本日ちょうど帰国したので、改めて閑原《ひまはら》さんにご都合のよろしい日時をお聞きしようと思ったのですが、まさかこのような形でお越しいただけるとは思ってもみませんでした」

「そう、なんですね」

俺はお茶を一口――――ん？　な、なんだこれ。

「これって、お茶……ですよね？」

「当たり前です」

当たり……前？

俺は舌が麻痺《まひ》してないか確認する。

この味、どこかで口にした事があるような……。

舌に刻まれた記憶を巡らせる。

あれは確か……。

『はいこれっ。わたしの手作り弁当だよ？』

――っ?!　そうか、動物園だ。

動物園で桜咲から貰《もら》った弁当のおかずと同じ味がする。

つまりこのお茶には桜咲家のスペシャルブレンドが入ってるってことなのか？

「お、お母さん……つかぬことをお伺いしますが」

「なんでしょう」

「このお茶、特別な粉とか入れてます？」

「さすが閑原さん、よくお気づきですね。おっしゃる通りこのお茶には私が考案したスペシャルブレンドが入っております」

やっぱ入れてたかぁ……。

お茶の渋味とかそんなレベルじゃないくらいに苦くて粉々してたし、よく見たら何か変なダマが浮かんで……。

「閑原さん？」

「えっと……一つ気になってたことがあるんですけど」

「はい？」

「そのスペシャルブレンドっていうのは一体――」

スペシャルブレンドの核心に迫ろうとしたその時、廊下と和室を繋ぐ襖が開かれた。

「待たせてすまない」

スーツから鉄紺色の甚平に着替えてきた桜咲のお父さんが俺の反対側にある座布団に座る。

ついに来てしまった……。

まずは自己紹介、だよな。

「俺……菜子さんのクラスメイトで閑原航《こう》って言います。菜子さんとはいつも仲良くさせていただいて」

「堅苦しいのはやめてくれ……私の名前は桜咲一成。いつもうちの菜子がすまない」

「い、いえそんな！」

お父さんが自分の名前を名乗ると、蜜さんが着物の袂《たもと》から何やら名刺のようなものを取り出して俺の前へ差し出した。

その名刺には、お父さんの名前と国内トップの某ＩＴ企業で重役を務めていることが書かれている。

すげぇ……生きてる世界が違いすぎる。

「蜜、少しの間彼と二人で話がしたい」

「承知いたしました」

蜜さんが席を外すと、場の空気がさらに重たくなった。

「突然海外出張の予定が入り、申し訳なかった」

「い、いえいえ」

「…………」

「…………」

会話、止まったんだが?!

え、俺と話がしたいって言ったのはお父さんの方だったよな。

さっきから眉ひとつ動かさずに真顔でこちらを見る鉄仮面のお父さん。

空気的にも、やっぱお父さんは俺のことを良く思ってないような……。

仕方ない、ここは俺の方からズバッと聞いてみるか。

「お、お父さんは」

「君にお父さんと呼ばれる筋合いはない」

お決まりのセリフで瞬殺されて、空気はさらに重たくなる。

もう身体がペシャンコになるんじゃないかってくらい重たい。

「じゃあ……一成さんとお呼びしても」

「ああ。構わない」

友達のお父さんを下の名前で呼ぶ方がおかしいだろ！　と心の中でツッコミながらも、俺はさっき遮られた話に戻す。

「一成さんは……俺みたいな何処《どこ》の馬の骨とも分からない男と菜子さんが一緒にいるのを、良く思ってないですよね？」

「……………」

「菜子さんはアイドルですし……もし一成さんが、菜子さんのためにも身を引いてくれと言うなら俺は――」

本当に、身を引くのか？

桜咲ともう暇つぶしをしないって一成さんの前で誓えるのか……？

「お、俺は……身を」

「私は身を引けだなんて一切思っていない」

「えっ」

「むしろ心より礼を言わせて欲しい。本当にありがとう」

突然言われたお礼に、俺は驚きを隠せなかった。

「キミが菜子に楽しい時間を作ってくれなかったら、菜子はもう転校してアイドルも辞めていた。だからキミには感謝しかないよ」

「転校……そういえば前にお母さんも同じこと言ってました。手紙を渡されたって」

「キミも手紙の件は聞いていたのか」

「はい……」

花火大会の日にお母さんから聞いたが桜咲は俺と出会う前、お母さんに通信高校への転校とアイドルを引退したい旨を手紙で伝えていたらしい。

当然ではあるが、一成さんもその件については知っているようだ。

「昔から菜子は仕事の時には自信満々だが、私生活となると引っ込み思案なところがあってな」

一成さんは腕を組みながらそっと目を閉じ、幼い頃の桜咲を懐古しているようだった。

「キミの前ではどうだ？」

〝ワガママ〟と〝大食い〟の二つが頭に浮かんできたが……父親の前だし、ここは桜咲の顔を立ててやらないとな。

「いつも元気いっぱいで、暇つぶしの時も、食べたいものとか行きたい場所とかちゃんと伝えてくれるので、すごい助かってます」

「ほお……てっきりキミの前ではさっきみたいに迷惑ばかりかけていると思っていたのだが。あの菜子も男子の前ではしっかり者になるんだな」

お父さんは慈愛に満ちた目でそう呟《つぶや》く。

俺、嘘《うそ》は言ってない……よな？

「関原くんも、菜子《なこ》のことを大切に想《おも》ってくれているのだろう？」

「た、大切っていうか、スキャンダルとかには気を遣ってます」

「そうか」

お父さんは急に立ち上がり、襖に手をかける。

「関原くん、ひとっ風呂どうかな？」

「お……お風呂、ですか？」

「ああ。せっかくだから背中を流し合おうじゃないか」

よく分からないが、気に入られてしまったようだ……。

☆☆

「もう少しこちらへ寄りなさい」

「でも……こ、これ以上はっ」

「もっと力を入れてもいいかい？」

「強すぎて……ん、あっ」

火傷《やけど》しそうなくらいの力で一成《いっせい》さんに背中を擦《こす》られた俺は、変な声が出てしまう。

なんでこんなことに……。

一成さんに連れられてやって来たのは、全面がヒノキで造られた良い香りのする広々とした浴室。

一成さんは真っ裸だが、なんとなく恥ずかしかった俺は腰にタオルを巻いて局部を隠し、お互いにバスチェアに座りながら背中を流し合うことになったのだが……。

「あの！　もう大丈夫です」

「そうか？」

「つ、次は俺が流すんで」

一成さんがどうしても先に流させろと言うので先に背中を流してもらったが、これ以上あの力で擦られたら背中がグロ画像になると思った俺は必死に交代を申し出た。

俺はスポンジを持ち、ボディソープを付けてから一成さんの背中に手を伸ばす。

背中めちゃくちゃ広いな……それに硬くてゴツゴツしてて、まるで岩にでも触れてるような。すごい背筋だけど、やっぱ鍛えてるのかな。

「ところで関原くんは高校で何の部活をしているんだ？」

「ぶ、部活……ですか？」

帰宅部の暇人が答えづらい質問ランキング堂々の一位を初っ端《しょぱな》から聞かれてしまった。

別に帰宅部の暇人であることに後ろめたさがあるわけではないが、帰宅部と答えると決まって会話が終わる。

そりゃ帰宅部なんかで膨らむ話なんてほぼない。

「閑原《ひまはら》くん？」

「き、帰宅部、です」

「帰宅部か……高校時代の私と同じだな」

「え？　一成さんも帰宅部だったんですか？」

「ああ、部活にも入らず勉強ばかりやってるようなつまらない高校生だったよ。意外かい？」

「アスリートみたいな体型なので何かスポーツとかされていたのかと」

「ないない。大学に入るまで勉強以外のことは親からさせて貰えなかったし、自分も勉強が出来る事が全てだと思って生きてきたんだ。しかしいざ名門大学に入っても、遊びを全く知らない私は、友人もロクにできず、ずっと研究室に籠っているようなつまらない人間になっていたよ」

一成さんはシャワーのヘッドに手を掛け、そのまま身体《からだ》の泡を流した。

泡と一緒に自分の過去も洗い流すかのように、強く……。

「すまない。無駄に湿っぽい話をしてしまったな」

家の外観だけでも格式の高さが伝わってきたが、一成さんの境遇を考えると、桜咲《さくらざき》の家は思ってる以上に由緒正しい家柄なのかもしれない。

「そんなことよりも。関原くん、せっかくだからこのまま晩御飯も食べていくといい」

「そ、それは……！　さすがに悪いですし、遠慮しておきます」

桜咲家のご飯がどんなものなのかはスペシャルブレンドの一件で想像がつく。

アレをフルコース食ったら生きて帰れないだろ。

「今さら遠慮なんていい。菜子を運んでくれたのだから、もてなさねば桜咲の名折れだ」

「本当にそういうのいいので！」

俺が頑《かたく》なに断っていると、一成さんは何かを察したように眉を顰《ひそ》める。

「……その反応。さてはキミ、菜子の料理を食べたことがあるな？」

やっぱバレたか。

「あるんだな？」

「一度だけ。前に菜子さんからお弁当を……」

「…………」

「一成さん？」

俺が背中を洗う手を止めると、一成さんはシャワーで自分の身体を洗い流した。

「率直な感想を聞かせて欲しいのだが……不味《まず》くなかったか？」

「それは、まあ……不味かったですけど」

「やはりか」

一成さんはヒノキ風呂の中に身体を沈めながら、俺にも入れと手招きをする。

旅館とかにある個室の温泉くらい広いヒノキの浴槽に、俺と一成さんは足を伸ばしながら横に並んで浸《つ》かった。

「ここだけの話だが……蜜《みつ》と菜子は〝スペシャルブレンド〟という粉を料理に入れている」

「ら、らしいですね」

「間違いなくアレが料理の味をおかしくしているはずなんだ。毎日妻の料理を食べてる私には分かる」

「毎日?!」

アレを毎日文句一つ言わずに食べてる一成さんの胆力の方が化け物だろ。

「あの、スペシャルブレンドの正体って一成さんはご存知ないんですか?」

「知らないな。厨房《ちゆうぼう》は妻の領域と言い張って踏み入れさせてくれないし、スペシャルブレンドについて問いただしても『教えられない』の一点張りだ」

一成さんでも知らないって、あの二人はどんだけスペシャルブレンドを秘密にしたいんだよ。

「前に菜子からキミの作った弁当がとても美味《おい》しかったと聞いたが、閑原くんは料理が得

オーバーラップ文庫
文庫注目作
験機
ンテ、
止の危機!?
あたしは星間国家の英雄騎士!②
著：三嶋与夢　イラスト：高峰ナダレ
ノベルス注目作
破滅予定の
悪女に転生!?
生き延びるため、
婚約者の
ラスボス化回避を
目指します!
聖人公爵様がラスボスだということを私だけが知っている1
～転生悪女は破滅回避を模索中～
著：しきみ彰　イラスト：桜花 舞
2309 B/N

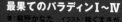

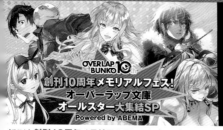

意なのか？」

「一応、家で作ってるので人並みには……」

「それなら今晩の料理を蜜と一緒に作ってもらえないか？」

「え、えぇ……」

「すぐ嫌そうな顔をするな。これはキミの将来にも関わる問題なんだぞ」

「しょ、将来ってどういう」

「菜子を娶《めと》るならこのスペシャルブレンド問題は無視できないだろ」

め……とる？

俺が桜咲を？

「い、いや、いやいや、菜子さんと俺はそういう関係じゃないですから！」

「そんなに照れなくてもいい」

「照れてるとかじゃなくて！」

どうやら一成さんは大きな誤解をしていたようだ。

☆☆

「俺、先に出ます」

「ああ。私ももう少ししたら出るよ」

一成さんはヒノキ風呂の中で足を伸ばして天井を仰ぎながら言った。

俺は先に風呂から上がったのだが、浴室と脱衣所を繋《つな》ぐドアの後ろから物音がした。

……え？


「はぁ……ハァ……」


ドアの後ろに隠れていたのは過呼吸になりそうなくらいに息を荒くしている桜咲のお母さん……って、なんで居るんだよ！

ホラーゲームのお化けみたいにドアの後ろに隠れていたお母さんは、俺に見つかるとすぐに自分の口を手で押さえた。

俺も下半身のタオルが外れてないか確認するとすぐにお母さんの方を見る。

「お、お母さん、一体ここで何をっ！」

お母さんは人差し指を口に当て、黙れと目で訴えてくる。

な、何か訳ありなのか……？

とりあえず脱衣所の奥まで移動してワケを聞くことに。

「何やってんですか」

「はぁ……バレてしまった以上、話すしかありませんね」

諦め気味にため息をついたお母さんは、手に持ったタオルを俺に渡すと、こちらに背を向ける。

「先ほどまでお二人のタオルを用意していたのですが……その」

「その？」

「関原さんと一成さんが、お風呂場でどんなことをするのかつい気になってしまって」

「何が〝つい〟なのか全く理解できないんですがっ」

「ですから、関原さんと一成さんが一緒にお風呂に入っているのを想像したら、なんていうか、その、下品なんですが……〝興奮〟しちゃいましてっ」

「しないでしょ普通！」

「一成さんのお身体で物足りないなんて……関原さん正気ですか？」

どう考えてもお母さんの方が正気じゃないんだが。

スペシャルブレンドの件といい、なんとなく普通じゃないとは思っていたが……まさかこれほどまでとは。

「もしかしてお母さんは、Ｂ、ＢＬとかお好きなんですか？」

「はい」

即答しやがった。しかも真顔。

「閑原さんってどう見ても総受けな顔してますし、一成さんのあの逞《たくま》しいお身体で強引に抱きしめられたいとか思わないんですか？」

「な、ならないですけど……」

「それは一成《いっせい》さんへの冒瀆《ぼうとく》です。あなたには二度と桜咲家の敷居を跨《また》がせません」

「大と娘の友達で変な妄想してる時点で、誰がどう見てもお母さんの方がマズいと思うんですが」

「あなたにお母さんと呼ばれる筋合いはありません！」

「今更?!」

「今後は蜜とお呼びなさい！」

急に語気が強くなったな……。

「閑原さん、あなたは菜子《なこ》の事をどれほど愛していますか？」

「俺と桜咲は友達ですから愛とかそんな——」

「一成さんと菜子のどちらが大事なんですか?!」

「比較対象がおかしいでしょっ！」

ダメだ、頭が痛くなってきた。

大食い、筋肉、腐女子……桜咲の家には普通の人はいないのかよ……！

「あ、こんなことしてる場合じゃないです。お夕飯の支度をしないと」

夕飯……っ。

お母さんが激ヤバすぎて忘れる所だったが、晩御飯の手伝いをしながらスペシャルブレンドの秘密を探る約束を一成さんとしてたんだった。

「あの！　着替えてから俺も晩御飯のお手伝いしてもいいですか？」

「ありがたいですが、お客様にそのようなことは」

「俺、料理得意なんで。一成さんも俺の料理食べたいって言ってて」

「一成さんが関原さんの手料理をご所望されてる……ふふ、悪くないですね」

蜜さんは嬉《うれ》しそうに頷《うなず》くと「それではお台所でお待ちしております」と残してやっと脱衣所から出て行ってくれた。

「はぁ……一成さんとの約束通り晩飯作りに行くか」

俺は服に着替えると、そのままキッチンの方へ向かった。

☆☆

長い廊下を歩いてキッチンに向かっていると、窓から入ってきた夏の夜風が風呂上がりの身体の火照りを冷ましてくれる。

あんなに広々とした風呂に入ったのは久しぶりだったから遠慮なくゆっくり浸かっ

ちゃったけど、よく考えたらあの風呂って桜咲《さくらざき》も使うんだよな……。

「俺なんかが先に入ったことを知って桜咲が嫌な気持ちにならないといいが」

そんな心配をしながらキッチンまで移動すると、蜜さんが割烹着《かっぽうぎ》と三角巾を着けてシンクの前でスマホをいじっていた。

着物だからスマホとかいじってる姿に違和感あるな……。

「なにやってるんですか？」

「少々ＢＬを嗜《たしな》んでました」

「隠す気ゼロかよ……。ちなみに蜜さんが腐ってることって桜咲や一成さんは知ってるんですか？」

「あなただけです」

一番知りたくないことを俺だけが知ってしまったというのか。

寡黙で仙姿玉質に見えた蜜さんがこんな激ヤバお母さんだったなんて、知りたくなかった。

「それでは閑原《ひまはら》さん、お手伝いの方をよろしくお願いします。エプロンはそこにご用意いたしましたので」

「は、はあ」

俺はシンクの隣に置いてあるエプロンを着けて蜜さんと一緒に晩御飯の支度を始める。

「今から豚の生姜焼《しょうがや》きとポテトサラダとゴーヤチャンプルと麻婆茄子《マーボーなす》と海藻サラダと冷しゃぶとお味噌汁《みそしる》を作ります。お米の方は既に炊いてありますのでご安心を」

「いくら何でも多すぎでしょ……」

「この家では普通ですが」

高校球児の食トレでもそんな量食べないだろ。

「菜子にご飯が足りないと言わせたくないんです。主婦の意地があるので」

桜咲の両親は厳しいんだか甘いんだかよく分からないな。

「高校生になるまでは菜子には外食するのを禁じてました。菜子は生まれつきどれだけ食べても全く太らない体質だったので、よく食べる分、添加物の多い物は身体《からだ》に悪いと思ったんです」

「それは懸命な判断だと思います。現に今、あっちこっちで見境なく食べてますし」

「だから関原さんには菜子が過度な外食をしないように気を配って欲しいです」

「わ、分かりました」

駄々こねられたら無理かもしれないが……。

「身体は資本ですし、何よりあの子は私の〝夢〟なので」

「夢、ですか？」

「トップアイドルになるという……夢です。私も元アイドルとしてあの子に自分が持っている全てを叩《たた》き込みましたから」

「へぇ…………ん、元アイドル？　蜜《みつ》さんがですか？」

「はい」

「ええ?!」

切ったきゅうりのヘタが明後日《あさって》の方向へ飛んで行く。

「蜜さんってアイドルだったんですか?!」

「菜子から聞いてませんか？」

「は、初耳です」

まさか親子でアイドルだったなんて。

「現役の頃は柚子原《ゆずはら》みつという名前で活動していましたが……昭和のアイドルなんてご存じないですよね？」

柚子原、みつ……？

その名前、どこかで聞いたことがある。

でもどこで聞いたんだ……？

やっぱり思い出せない。

「……っ」

「関原さん？」

「あ、す、すみません！　昭和ってまだ生まれてないんで知らなくて」

「無理もないです。それに私は【昭和ＴＯＰ２】の陰に隠れたアイドルでしたから」

「昭和ＴＯＰ２？」

「はい。赤いカチューシャがトレードマークの木南奈緒子《きなみなおこ》と眼鏡っ子アイドルの富士野《ふじの》エリ。私がアイドルになった時にはすでにこの二強が絶大な人気を集めていて……後発の私は完敗でした」

蜜さんは、お玉で味噌を溶きながら俯《うつむ》き顔《がお》で言う。

自嘲しているようで、そこにはどこか後悔の念が込められているようにも聞こえる。

「私には特出して周りの目を惹《ひ》くような才能はありませんでしたが、菜子は違います。見た目の可愛《かわい》らしさだけでなく、そのキャラクターや歌唱力にダンス、間違いなくあの子は全てを持っています。だからこそあの子がアイドルを辞める決断をする前に、あなたの存在がそれを止めてくれたことに救われました。あの子は絶対にトップアイドルになれる存在ですから」

「それなら……俺みたいな一般人は近くにいない方がいいんじゃないかって思うんですけど」

「いいえ。むしろあの子がトップアイドルになるためにはあなたという精神的支柱が絶対に必要です。ですから絶対にあの子の手を……離さないであげてください」

「菜子は繊細な子なんです。あなたがいなくなったらそれこそ何もかも嫌になるかもしれません」

「桜咲の手を？」

初めて会った時の桜咲を思い出すと、確かにそうかもしれない。

アイドルの時の桜咲は自信に満ち溢《あふ》れていて、絶対的センターのオーラがあるが、普段の桜咲は違う。

最初に会った時なんか一人でゲーセンに行くのも躊躇《ためら》っていたし、友達も多くはないし、意外と世間知らずだった。

「あなたは菜子にとってかけがえのない存在なんです。あなたにとっての菜子も、そうじゃありませんか？」

「桜咲が、かけがえのない存在……そう、かもしれないです。俺も桜咲と一緒にいると楽しくて、もっと色んな場所に行きたいですし、できるならずっと桜咲と暇つぶししたいです」

「それ、私じゃなくて菜子に直接伝えてあげてください」

「いや、それは……さすがに」

「照れてるんですか？　初々しくていいですね、あなたたち」

蜜さんは味噌汁の味を調えながら笑顔を見せてくれた。

蜜さんの笑顔……桜咲に似てる。

やっぱ親子だな。

「まあでも関原さんには一成さんともイチャイチャして欲しいんですがね……ぐへぇ」

めちゃくちゃいい話をしていたのに、結局蜜さんは腐り出した。

株が上がったり下がったりするなこの人。

☆☆

食卓には、俺と蜜さんが腕によりをかけて作ったおかずの数々が並んだ。

スペシャルブレンドという謎の粉を入れる素ぶりもなかったし、今回は俺がしっかり監視したから大丈夫だ。

「わぁいい匂〜い……って、なんで関原くんがいるの?!」

晩御飯の匂いに誘われて、二階から部屋着姿の桜咲が起きてきた。

鎌倉でアレだけ食べたのに……どこまでも食いしん坊なんだな。

「もしかして関原くん、わたしの代わりにご飯の支度手伝ってくれたの？」

「まあな」

「へぇーっ！」

桜咲が興奮気味にぴょこぴょこ跳ねていると、お風呂上がりのお父さんも食堂につながる暖簾《のれん》をくぐって顔を出す。

「い、一成《いっせい》さん……」

「………」

「お父さん、こちら関原くんだよ?」

「桜咲、自己紹介どころかもう裸の付き合いだから大丈夫だ」

「は、裸っ?!」

「そうですよ菜子《なこ》。関原さんと一成さんは肉と肉をぶつけ合」

「一緒に風呂に入っただけだ!」

蜜さんの妄想が口から溢れ出る前に、俺は正しい説明をする。

「関原くんとお風呂………お父さん、いいなぁ」

「何か言ったか?」

「う、ううん、それよりご飯ご飯っ」

俺は桜咲の隣に座り、蜜さんと一成さんは俺たちの向かい側に並んで座った。

「(関原くん。本当に大丈夫なんだな?)」

「(はい)」

俺は目の前に座る一成さんと、アイコンタクトを交わす。

桜咲の「いただきますっ」という声に合わせて俺も箸を持った。

「い、いただきます……」

俺と一成さんがほぼ同時におかずを口に運んだその時——だった。

「「っ?!」」

俺と一成さんは、全く同じタイミングで肩を震わせる。

な……んで、スペシャルブレンドを入れてる様子は無かった……のにっ！

他のおかずも口にしたが、どれを食べてもこの世の終わりみたいな味がする。

おかしい、だろっ……。

「ひ、関原くん……まさか貴様……裏切ったのか！」

「違いますよっ！」

「ふふ、お二人とも仲が良くていいですね。おかわりもたくさんありますよ？」

蜜さんは微笑《ほほえ》みながらそう言った。

信じがたいが、料理中、俺が目を離した隙に蜜さんはスペシャルブレンドを投入していたのかもしれない。

でも待て。俺は料理の盛り付けをする前にそれとなく全品味見をしている。

その時は何の異常も無かったってことは……入れたのは盛り付けた後……っ?!

「お母さん、今日はスペシャルブレンドの味がちょっと違うね？」

何がどう違うんだ桜咲《さくらざき》！　不味《まず》いだけだろ！

「今日は最近試作したスペシャルブレンドソースを後からかけたんです」

「「ソース?!」」

俺と一成さんは驚きすぎて椅子から腰が浮いてしまう。

「はい、こちらです」

蜜さんは、どこからか市販のサラダドレッシングのボトルを出すと、目の前の海藻サラダにそれをかけた。

見た目は透明なただのドレッシングに見えるが……これがスペシャルブレンドソースなのか……？

「長い海外出張で一成さんの筋肉が痩せてしまっていると思い、スペシャルブレンドを食べ物にさっとかけるだけで摂取できるように開発しました」

「すごーいっ！　これならいつでもどこでもスペシャルブレンドが食べれるねっ！」

通販番組のアシスタントみたいなリアクションをする桜咲。

あーもう誰でもいいからこの親子のスペシャルブレンドとやらを今すぐ禁止薬物に指定してくれ。

でも一つだけヒントを得たとすれば、さっき密さんが言っていた〝筋肉〟の話。

あの言い方からして、スペシャルブレンドを使うと、筋肉が増強される……ってことだよな？

やっぱ禁止薬物かドーピング剤でも入ってるんじゃ。

俺は今にもダウンしそうになりながらもなんとか意識を保っている。

目の前に座る一成さんは多少顔を引き攣《つ》らせながらも、無心に目の前のおかずたちをご飯と一緒に食べていた。

桜咲と蜜さんはスペシャルブレンドソースで盛り上がってるので、俺は小声で一成さんに話しかける。

「これを毎日食べてるって、一成さん凄《すご》いですね。蜜さんに正直な感想とか言ったことないんですか？」

「いや……結婚したばかりの頃に、一度だけストレートに『不味い』と伝えてしまったことがあったんだが」

「伝えたんですかっ？」

「ああ。そしたら蜜の奴《やつ》、夫に料理を不味いと言われてしまったら、それはもう勘当と同じ意味だとか言い出して実家に帰ろうとしてな。それ以来私は、一度も蜜の料理にケチをつけたこともないし、残したこともない」

「す、凄いっすね」

「夫婦になるというのはそういうことだ。得手不得手、お互いに理解し合うのが大切なんだ。肝に銘じとけ若人よ」

一成さんは文句一つ言わずに食べ、自己暗示するように「美味《おい》しい、美味しい」と呟《つぶや》く。

いや、これは流石《さすが》にキツすぎるだろ。

「閑原《ひまはら》くん、ご飯のおかわりいっぱいあるから遠慮しないでねっ」

「お、おう……ありがとな」

隣に座る桜咲は、俺におかわりを勧めながら、さっきまで山のようにあった白米の茶碗《ちゃわん》を空にする。

「菜子？　もっとゆっくり食べなさい。はしたないですよ」

「ゆっくりだもん。閑原くんの前で怒んないでっ」

「一成さん、おかわりどうですか？」

「い、いただこう……」

父親がいて、母親もいて、食卓に明るく楽しい会話があって、美味しい（？）ご飯が並んで。

普通の家庭にとっては当たり前の光景が、目の前にあった。

でも両親がいない俺にとっては……珍しい光景だった。

決して叔母の道子《みちこ》さんとの二人暮らしが寂しいって訳じゃないが……ずっと俺は、こういう家族団欒《かぞくだんらん》に憧れを抱いていたのかもしれない。

「ひ、関原くんどうした？　もう限界か？」

「違うんです。こういうの……悪くないなって」

「ま、まさか！　スペシャルブレンドに慣れたというのか?!」

「いやそっちではなく」

その後も俺は目の前の食事を口にするたびに苦悶《くもん》の表情を浮かべたが、なんとか残さずに全て食べ切るのだった。

☆☆

「もー、関原くんご飯食べるの遅いよー」

「お前が速すぎるんだよ。もうすぐ食べ終わるから待てって」

一番に夕食を食べ終わったわたしは、隣に座る関原くんが食べ終わるのを待つ。

関原くんもお父さんもなんでこんなに食べるの遅いんだろう……男の人ってご飯食べるの遅いものなのかな？

わたしと同じくもう既にご飯を食べ終わったお母さんは、テレビを観《み》ながらお洗濯物を畳んでいた。

わたしは二人が食べるのを見ながら、時折スマホに目を落とす。

そうだ！　美優《みゆ》ちゃんに今日撮った写真送ってあげよー。

わたしが鎌倉で撮った食べ物の写真とかを美優ちゃんに送って、しばらくしてから既読がついて返信が送られてきた。

『美優ちゃん：今日はもうお腹《なか》いっぱいなので飯テロとか要らないです』

えー？　美優ちゃんも美味しそうに食べてたのに。

そうだなぁ……じゃあ、閑原くんの写真でも送ってあげよ。

わたしは隣に座る閑原くんをこっそり撮ると、美優ちゃんに『閑原くんご飯なう』という一言を添えて送った。

すると今度はさっきよりも早く既読が付いて返信がきた。

『美優ちゃん：え、閑原さん、今日菜子ちゃんの家にお泊まりなんですか？』

お泊まりじゃないけど……うーん、なんて言おう。

でもここで『お泊まり』って言ったら……ちょっぴり優越感が湧くような気がする。

なんで……かな。

結局、わたしは正直に『寝ちゃったわたしを送ってくれたから晩御飯ご馳走《ちそう》しただけ』と返信した。

「……ご、ごちそうさまでした」

「やっと食べ終わったね？　お皿、一緒に運んであげるっ」

「おう、ありがとな、桜咲……」

普通、ご飯食べたら元気になるのに、関原くんはやけに疲れた様子だった。

わたしは関原くんと一緒に食器を流しに運んで、リビングに戻ってくる。

「ねえねえ！　この後わたしのお部屋に来てよっ！」

「え、ええ……俺が入ってもいいのか？」

「うんっ」

「でもな……これ以上長居するのも悪いしそろそろ帰ろうかと」

「あら関原さん、遠慮しなくてもいいですよ。ね、一成さん？」

「ああ。菜子と遊んでやってくれ」

「後で一成さんとも遊んであげてください」

「なぜそこで私を出すんだ」

お母さんとお父さんが話してる間に、わたしは関原くんの袖をクイッと引っ張って階段まで連れて行く。

「関原くんこっちこっちー」

二階の一番奥にある部屋がわたしの部屋。

お友達を部屋に呼ぶなんて初めてのことだし、初めて部屋に入ってもらうのが関原くんなんて……ちょっと緊張してきたかも。

ちゃんと綺麗《きれい》にしてるし、大丈夫だよね。

むしろ、関原くんに褒めてもらえるかも……？

「本当に部屋入ってもいいのか？」

「もー、なんで遠慮してるの？」

「そりゃするだろ。ってか、お前は俺みたいな男に部屋に入られて、嫌じゃないのかよ」

「うん。嫌なんて全然思ってないけど……ちょっと緊張してる」

「ええ……」

関原くんはいつまでも難しい顔をしながら部屋の前で尻込みしている。

「なんだ、緊張してるのは関原くんの方じゃんっ」

「ち、ちがっ」

「どうぞ、関原くんっ」

わたしはドアを開けて、自分の部屋に関原くんを迎え入れる。

「お……お邪魔しま……って、おお」

関原くんはあまりの綺麗さに驚いて目を丸くしている。

関原くんのことだからわたしの部屋が散らかってるとか思ってたのかもしれないけど、

残念でした。わたし部屋は配信とかで使うから常に綺麗にしてるもんね〜。

関原くんにはいつもわたしが使ってるキャスター付きのピンクの椅子に座ってもらって、わたしはベッドの上に座って足をパタパタさせた。

「どう、わたしの部屋？　綺麗で可愛《かわい》いでしょ？」

褒めて、褒めてっ。

「いやぁ……前にビデオ通話で見た時も思ったが、相変わらずピンク一色だなぁ。ベッドや椅子、あとラグマットまでピンクだし」

「別にそれはいいじゃんっ！　わたしのイメージカラーはピンクと黄色なんだしっ」

「あれ？　でもライブの時の口上では黄色って言ってたよな？」

「口上は語呂を重視してるから菜の花の黄色なのっ。そもそもラズホイは一人で二色のカラーを持ってて、わたしはピンクと黄色、リーダーの朝霞《あさか》さんは赤とオレンジ、翠川《みどりかわ》さんは緑と紫、水無月《みなづき》さんは青と水色で、雪道《ゆきみち》さんは白と黒なのっ」

「いや、白と黒って……なかなか攻めてるな」

「ラズホイは個性の集合体みたいなグループだからねっ、攻めて攻めまくってここまで来たし」

思い返せば、ラズホイはずっと攻めたスタイルだった。

「ラズホイってね、わたしが中学一年生の頃に結成されたんだけど、メンバー全員バラバラの業界にいて、リーダーの朝霞さんなんて高校を中退してクラブでＤＪやってたらしいし、翠川さんも高校生でグラビアアイドルさんだったたし、水無月さんは弱冠十四歳ながら女性ファンの多い天才舞台俳優、雪道さんはローザンヌ国際バレエコンクール受賞を目指す天才バレエ少女って言われてたみたい」

「で、桜咲《さくらざき》は元子役……そう考えると凄いメンバー構成だな」

「うん。考え方や個性、何より実力がそれぞれ違ってて……わたしは幼い頃からお母さんの熱血指導を受けてたから歌もダンスもできたし、そのおかげでセンターになれたからお母さんには凄い感謝してるっ」

昔のお母さんは今とは比べものにならないくらいに厳しかったけど、その厳しさのおかげで今のわたしがあるんだから、お母さんには感謝しかない。

「わたしもいつか、お母さんみたいなお母さんになりたいなって思ってて」

「お、おう……でもあんまり、蜜《みつ》さんに感化されすぎない方がいいと思うぞ」

「え、なんで？」

「それは……」

「？」

関原くんは「やっぱなんでもない」と言葉を濁した。

結局、何だったんだろう？

「そんなことより、わざわざ自分の部屋に呼んだってことは、桜咲は何かやりたいことがあったんじゃないのか？」

「そうそう、それなんだけどー」

わたしは部屋の棚に置いてある黄色とピンクのペンライトと、【桜咲菜子《なこ》激推し！】と書かれたマフラータオル、さらにピンク色のはっぴを関原くんに手渡す。

「な、なんだ、この痛々しいセットは」

「痛々しいとか言わないでよ！　それは、桜咲菜子推しのみんなが身につけてくれてるわたしのグッズ！」

「桜咲菜子の、グッズ？」

「うん！」

そう、関原くんを部屋に呼んだのは他でもない、アイドルのわたしを知ってもらうためなのだ。

たしかに関原くんはいつもリアルのわたしを支えてくれている。

でもアイドルとしての桜咲菜子も、少しは関原くんに理解してもらえるようになりたいという気持ちもあって。

「ほんの少しでいいからさ、アイドルのわたしも関原くんに知ってもらいたいなぁって。せっかくお家まで来てくれたから一緒にわたしのライブＤＶＤ観たいな？」

「ライブか。別にいいけど、お前がさっき渡してきたこのグッズの必要性はなんだ？」

「り、臨場感が大事だから！　それにこれは、ライブを観る時の正装だし！」

と、言いつつも、単に閑原《ひまはら》くんにわたしの推しグッズを身につけさせたかっただけなんだけどね。

閑原くんはわたしに促されて嫌々はっぴを身につけると、次にマフラータオルを首にかけてペンライトを両手に携える。

あの閑原くんがわたしの推しグッズを身につけてるってだけでわたしはニヤけてしまう。

どうしよう、写真撮りたい……。

「で、どこでライブを観るんだ？　机の上にあるＰＣか？」

「リビングの大きいテレビで観るけど？」

「お、お前っ！　こんな恥ずかしい格好でリビングまで行けって言うのか?!」

「もお！　恥ずかしいなんて言わないでよ！」

「いやでも……蜜さんとか一成《いっせい》さんもいるし」

「お父さんとお母さんはよくライブ来てくれるし、見慣れてるから何とも思わないって！　ほらほら、リビング行くよー」

わたしは半ば強引に推しグッズを身に纏《まと》った閑原くんの手を引き、一階のリビングまで下りてくる。

するると、さっそくリビングで一緒にテレビを観ていたお父さんとお母さんに見つかる。

「あら関原さん、よくお似合いですね。菜子への愛が伝わってきます」

「……関原くん、君の菜子への気持ちはよく分かったから、まずそれは脱ぎなさい」

「おい桜咲、何か誤解された上にやっぱり脱げって言われたんだが、これ脱いでいいか？」

「ダメなのっ！　ほら、ライブ観《み》るのっ！」

「ええ……」

☆☆

俺は推しグッズを身につけ、桜咲と一緒にラズホイのライブＤＶＤを観ることに。

「ねえねえ、せっかくだからコールの練習しとく？」

「コールって、何か叫ぶやつだろ？　恥ずかしいから嫌だ」

「もー、それを恥ずかしがってたらわたしのこと推せないよ！」

「推すとは一言も言ってないんだが」

「でも関原くん、はっぴとか着てるじゃん！」

「お前が着せたんだろ！」

そんな言い合いをしていたら、ラズホイのライブが始まった。

どうやらこれは一年前のサマーライブらしく、桜咲は歌いながら舞台の花道を大型の水鉄砲を抱えて走り出し、客席の方へ発射してファンたちへ恵みの雨を降らせていた。

「お前、はしゃぎすぎだろ」

「は、はしゃいでなんかないもん！　これはファンサの一環だし！」

「ファンサぁ？」

まあ、観客が喜んでるならいいか。

その後も、何曲も何曲も桜咲はノンストップで歌っている。

こんなにたくさんの曲を歌いながらパフォーマンスもしないといけないとか、やっぱアイドルって大変だな。

中でも桜咲は、センターということもあり、ソロパートが多い。

それなのに全く音を外さないし……。

「桜咲って、やっぱ歌上手《うま》いよな。こんなにたくさんの曲歌ってたら喉も疲れそうなものだが……本当に凄《すご》いよ」

「どうしたの急に……そんなに褒めても、そのはっぴくらいしかあげないよ？」

「何もいらん」

「楽しげな空気を邪魔してしまって悪いが……私もその鑑賞会に入れてもらおうか」

突如として、リビングのドアが開け放たれて現れたのは、俺と同じはっぴと【NAKOSUKI】とデザインされたハチマキを巻いた一成さんだった。

何やってんだこの人……。

「一成さん、なんつー格好してるんですか」

「父親としてキミのような新参には負けられないんだよ。こっちは菜子が産声を上げたその時から菜子を推してるんだ」

「は、はぁ。それは構わないんですが……後から入ってきた蜜さんはさっきから何やってんすか」

一成さんが入ってきた時、蜜さんもちゃっかりスマホのカメラをこっちに向けながら入ってきた。

「いや……一成さんと閑原さんがペアルックだなと」

「こんなのただの痛々しい集団でしょ」

「あ！　閑原くんまた痛々しいって言った！　それわたしのファンへのぼーとくだから！」

「閑原くん！　何をよそ見しているんだ！　君も菜子を本気で推すなら、ファンサ投げキッスは何回も観た方がいい。さっさと巻き戻しなさい」

「閑原さん、一成さん、こっち目線ください」

ああもう、この家族めんどくせぇ……っ。

第五章　現役JKアイドルさんはプールに行きたいらしい。

九月中旬。

秋の足音が近づいてきているのに、相変わらず外の気温が真夏並みに暑い日が続いており、秋の足音よりも地球温暖化の方がダッシュで近づいてきていることを肌で感じていた。

今日の四限の数学が先生の都合によって自習になったので、のんびり昼寝でもしようと思っていた俺だったが、月末の体育祭に誰がどの種目に参加するのかの割り振りを始めたので寝るに寝れなくなってしまった。

俺が寝てる間に変な種目を当てられたら困るからな。

「短距離走のタイム的に、女子のクラス対抗リレーのアンカーは……桜咲さんで！」

クラス中からパチパチと拍手が起こる。

へぇ……桜咲って足速かったんだな。

桜咲は照れくさそうにニヤけながらペコペコと頭を下げていた。

最近、桜咲が七海沢《ななみさわ》とよく話していることで徐々にクラス内の空気も変わってきており、桜咲に対して七海沢の運動部グループの女子がフランクに話しかけていたり、その他の女子たちも桜咲と笑顔で話しているのを見かける。

それに以前までは、休みの多い桜咲《さくらざき》の机の中には乱雑にプリントが詰め込まれていたが、二学期に入ってからは綺麗《きれい》に入れられるようになった。

桜咲に対する印象が変わったことで、ここまで周りの対応も変わるとは……。

「関原ぁ〜、お前はどの種目出たい？」

男子の体育祭実行委員を務める野球部の鈴木《すずき》がエントリー用紙とペンを持って俺の席まで来た。

どうやら出たい種目を聞いて回っているらしい。

「どれにも出たくないと言ったら？」

「言うと思った。また担任に校内放送で呼び出し喰《く》らうぞー」

「その時は鈴木が許可したって言って道連れにする」

「お、お前なぁ……」

いつもは人畜無害な俺でも、体育祭だけは出たくない。

運動部の陽キャたちにとって、体育祭は文化祭と同じくビッグイベントなのかもしれないが、帰宅部の暇人にとってはただただ苦行でしかないからだ。

文化祭の時と同様に、勝手に時間が経《た》つのをクラスのブルーシートでのんびり待つくらいが丁度いい。

「まあ関原以外にも出ない奴《やつ》いるからいいけどさ。でもお前の場合はちょっと条件付けよっかなぁ～」

「条件？　悪いが金なら出せないぞ。今月は出費が嵩《かさ》んでピンチだからな」

「カツアゲなんかするつもりないっての！　お前の中の俺のイメージどうなってんだよ！」

「坊主頭の野球部」

「見たまんま過ぎるって」

鈴木は「そうじゃなくて」と話を戻しながら、俺の耳元に顔を近づける。

「七海沢にさ……お、俺のこと、どう思ってるか聞いてくんね？」

七海沢に？

あれ、鈴木ってもしかして……。

「七海沢のこと好きなのか？」

「ばっか！　そんなんじゃねえけどちょっと気になるだけっつうか！　七海沢って美人で背高いしスタイルクッソいいし！」

鈴木は早口で否定しながらも七海沢をべた褒めする。

やっぱり好きなんじゃないか。

「それで、七海沢にお前のこと聞いてきたら体育祭でダラダラしててもいいんだな？」

「い、いいけどよ……全員参加の種目には出ろよ？」

「ああ。これで交渉成立だな」

こうして俺は鈴木と契約を交わした。

しかし……七海沢にどう聞くべきか。

クラス内の話し合いが終わるのと同時に、ちょうど四限終了のチャイムが鳴って昼休みに入る。

「航《こう》〜、お昼食べいこーよー」

「…………っ」

不意に鈴木の方を見ると、鈴木も俺の方を見て両手を合わせていた。

今すぐ聞けってか……？

「航？　どしたの？」

「ちょっとお前に聞きたいことが」

「聞きたいこと？　あ〜？　安心しなよ、菜子《なこ》ちゃんも後から学食来るって言ってたし」

「違うっ！　桜咲のことじゃなくてだな」

「もー、早くしないと学食の席無くなっちゃうし、行くよー」

「え、おい」

すまん鈴木。後でしっかり聞いておくから許してくれ。

俺は七海沢にワイシャツの袖を引っ張られながら、教室から学食へ連れて行かれるのだった。

☆☆

学食から外のグラウンドが見渡せる、窓際のテーブル席に座り、俺と七海沢は購買で買ったパンをテーブルに置いた。

「航がのんびりしてるからあたしが好きな焼きそばコロッケパン買えなかったじゃんっ」

「一番人気のヤツなんだから仕方ないだろ。あと俺のせいにすんな」

いつも通りしょうもないことで口喧嘩《くちげんか》しながらパンを食べる。

焼きそばコロッケパンが買えなかった七海沢は、腹いせに残り三つしかなかった購買で一番高い生ハムサンドを買い占めて悦に浸っていた。

「生ハムうっまぁ〜」

そうだ、今のうちに鈴木の件を片付けておこう。

桜咲が来てからじゃ聞けないだろうしな。

「七海沢、さっきも言ったがお前に聞きたいことがあって」

「それ、菜子ちゃん関連？」

「だから違うっての。俺が聞きたいのはお前のことだよ」

「あ、あたしのこと……？」

俺は頷《うなず》きながら本題に入った。

「七海沢はさ……野球部の鈴木のこと、どう思ってる？」

「は？　鈴木ぃ？　どうしたの急に」

「ま……まあ色々あって……」

俺が口籠ると七海沢は何かを察したようにため息交じりに「なるほどね」と呟《つぶや》いた。

「どうせ航が体育祭サボる代わりに、あたしが鈴木のことをどう思ってるか聞いてくれって、鈴木に頼まれたんじゃないの？」

百点満点の推察を七海沢は呆《あき》れ顔《がお》で口にする。

テストでは赤点ギリギリなくせに、こんな時だけ無駄に鋭くなりやがって。

「言っとくけど全部お見通しだから」

「……じゃあ、鈴木のことも？」

「分かってる。教室であんだけあたしのことジロジロ見てくるの鈴木くらいだし」

鈴木……そんなに七海沢のこと見てたのかよ。

アピールしまくりじゃねえか。

「それで、鈴木のことどう思ってるんだ？」

「ごめんだけど、あたしは別に鈴木のこと何とも思ってないから。そう伝えといて」

鈴木撃沈。

でもまあ結果はどうあれ俺は体育祭をのんびり観戦できるわけだ。

「ったく、航を使うなんて鈴木もせこいことするなぁ。にしてもモテる女は辛《つら》いよ、ほんと」

「自分で言うのかよ」

「でも実際、二学期に入ってからもう三人に告られてるし、しかも一人は可愛《かわい》い女の子」

「じょ、女子……」

そういや七海沢って中学の時から女子人気もあったからな。

『閑原《ひまはら》さん、百合《GL》も悪くないですよ？』

と、脳内に現れたイマジナリー蜜《みつ》さんが俺に囁《ささや》く。

悪魔の囁きだ。無視しよう。

「それで結局、付き合わなかったのか？」

「まあねー。でもまさか高校でも女の子にまでモテちゃうとか、なんか悪いね航」

「別に羨ましいとか思ってないからな」

「どーだか」

七海沢は生ハムサンドをペロリと平らげると、パックのイチゴ牛乳にストローを挿した。

「でも航だってこの前ラブレター貰《もら》ってたじゃん。あれどうなったの？」

「あ、あれか？」

「ねーねー、誰からのラブレターだった？」

恋川《れんかわ》からだった……なんて言えるわけがない。

「誰からとか言うわけないだろ？　もう断ったからこの話は終わりだ」

「えー」

俺が上手《うま》いこと誤魔化したタイミングで、弁当を持った桜咲と恋川が学食に現れた。

恋川も呼んでたのかよ……。

「やっほー閑原くんっ」

「閑原さん、お久しぶりです」

桜咲は俺の隣に座り、恋川は七海沢の隣に座る。

ついに実現してしまったか。

七海沢詩乃《しの》、恋川美優《みゆ》、桜咲菜子の三人が同じテーブルに座ったことで、周りの生徒の視線がこの席に集中する。

「いやぁ。菜子ちゃんも恋川ちゃんも集まってくれてありがとねー」

「いえいえ。私は皆さんとお昼をご一緒できて嬉《うれ》しいですっ」

恋川は微笑《ほほえ》みながらそう言った。

出たな猫かぶりモード。

「それで、七海沢《ななみさわ》さんがグループ lime で言ってた話したいことってなんですか？」

「ぐ、グループ？」

「あ、そういえば航はまだグループに誘ってなかったね」

七海沢は自分のスマホの lime を開くと、桜咲、恋川、七海沢の三人のグループ lime の画面を見せる。

「へぇ、グループ作ってたのか……ん？　このグループの名前〝ヒマハラコウ〟ってどういうことだ七海沢」

「だって良さげなグループ名なかったからさー。とりあえず航の名前使っといた」

「人をフリー素材みたいに扱うなよ」

「もー、自分がグルに入れてもらえなかったからって怒んないでよ」

「俺が怒ってるのはそこじゃないっ」

俺がそう言うと、隣でやけにしょんぼりしている桜咲が俺のワイシャツをクイクイと引っ張る。

「ご、ごめんね閑原くん。本当は閑原くんもグループに誘おうと思ってたんだけど……」

「いや、それに関しては全然気にしてないんだが。お前たちも女子同士話したいことあるんだろ」

「閑原さんは入っちゃダメですよー、だって菜子ちゃんがずっと閑原さんの話——」

「あーあー！　違うの！　別に関原くんの話ばっかりしてるとかじゃなくて！」

俺の話？　まさか愚痴グループ……？

『関原くんがさぁ、小食すぎてマジ腹立つ～』とか裏で桜咲《さくらざき》に言われてたら流石《さすが》にショックなんだが。

七海沢の方を見ると、やけにニヤニヤしながら俺を見てくる。

「お前、俺の悪口でも言ってんのか？」

「悪口なんて言ってないけどー？　まあ、ちょっぴり恥ずかしい航の写真とかは流出してるかも」

「やっぱ俺もそのグループに入れろ！　監視する必要がある！」

☆☆

「関原航がヒマハラコウに入りましたって何かウケる」

「後でグループ名変えとけ」

「まあまあ、そんなカリカリしないでよ航」

「お前のせいだろっ！」

「何はともあれ、これで航もグループに入ったことだし本題入るよー」

本題……？　そういや七海沢が話したいことって何なんだ？

またしょうもないことじゃなければいいが。

「えぇ、ここに四枚のチケットがあります」

「チケット？」

「わぁ関原くん！　これプールのチケットだよー！」

七海沢からチケットを一枚もらった桜咲は「見て見て」と嬉しそうに言う。

そのチケットはレジャープールの入場券で、施設内のスライダー等の利用も一日中無料になる券だった。

七海沢の奴《やつ》、こんな券どこで手に入れたんだ……？

「というわけで、みんなでプール行こー！」

「おい、どういうわけか説明しろ」

端折《はしょ》って話を進めようとする七海沢に俺は間髪を容《い》れずにツッコんだ。

「まずこのチケットはどこで貰ってきたんだ？」

「いやぁ、男バレの先輩がプールのチケット余ってるとか言って、あたしたち女バレの部員をしつこくナンパしてくるから、そのチケット全部あたしが貰ってきた」

「容赦ないな」

「余ってるって言ったのはあっちなんだし別にいいじゃん。それにほら、このプールの場所見てよ」

七海沢は俺にも一枚チケットを手渡すと、裏側にある住所を指差す。

「……このレジャープール、都外にあるのか」

「この辺なら関東でも田舎寄りだし、菜子《なこ》ちゃんや恋川ちゃんがお忍びで行くのにぴったりじゃーん。誰もアイドル二人が来てるなんて思わないって」

「関原くん、わたしプール行きたいっ！」

「私も皆さんとプール行きたいです」

恋川は「皆さん」と言いつつも俺の方にばかり視線を送ってくる。

またこいつはわざとらしく……。

その生暖かい視線を無視して俺は七海沢を見た。

「待て。これってまさか、俺も行く流れなのか？」

「当たり前じゃん。嫌なの？」

「せっかくなら三人で行ってこいよ、俺はいいから」

「えー！　関原くんも行こうよ！」

「そうだよ航《こう》、あんまりノリ悪いと嫌われるよー？」

「誰にだよ」

「そちらのお二人さんに」

七海沢は恋川と桜咲を交互に見る。

「私はそもそも関原さんのこと好きではないですよ？」

恋川はサラッとそう言って桜咲の方を見た。

「え、えっと……もし来ないなら、わ、わたし、関原くんのこと嫌いになっちゃうよ！」

「ほらぁ、菜子ちゃんに嫌われたくないなら来なよー」

「ええ……」

「あたしたちがナンパされて、菜子ちゃんや美優ちゃんがどこの馬の骨とも知れない男に取られちゃってもいいの～？」

「お前が居るなら大丈夫だろ」

「航にボディガードして欲しいよね？　菜子ちゃん？」

「う……うん。関原くんに、守って欲しい」

桜咲は目をうるっとさせながらわざとらしい上目遣いで俺を見てくる。

「だめ、かな？」

桜咲のその顔は反則だろ……。

本当はあまり乗り気じゃないんだが。

「はぁ……分かった。行けばいいんだろ」

「「やったー！」」

桜咲と七海沢が二人できゃっきゃと喜びながらプールで何をするか盛り上がっていると、俺のスマホがポケットの中で振動し、lime の通知が入った。

『恋川：さっき航くんのこと好きではないと言いましたが「大好き♡」って意味かもしれませんよ？』

恋川は俺の方を見てクスッと不敵な笑みを溢《こぼ》す。

大嫌いという意味であって欲しいものだ。

こうして俺たちはプールに行くことになったのだった。

☆☆

「う〜ん」

来週末にみんなでプールへ行くのが決まり、高校から帰宅するとすぐにわたしはどの水着にするか考えていた。

去年の撮影とかで使ったのもあるけど、せっかくなら新しいのがいいよねぇ。

今度撮影の時にスタイリストさんにアドバイスもらおっかなぁ。

でもせっかくなら自分で可愛いの選びたいし。

「そうだっ、関原くんに決めてもらおっ」

そう思ってlimeを開いたけど、わたしはふと思い止《とど》まる。

閑原《ひまはら》くんには当日ドキッとさせたいからやっぱ自分で選ぼう。

どんな水着か分かっちゃってたら閑原くんにドキドキしてもらえないもんね。

「とびっきり可愛《かわい》い水着にしないとっ！」

わたしが一人で張り切っていると、スマホにlime電話が入る。

あれ、詩乃ちゃんからだ。なんだろ？

電話に出ると元気な詩乃ちゃんの声が聞こえた。

『へいへい菜子ちゃーん水着選んでる～？』

「なんで分かったの?!」

『なんとなくねー。菜子ちゃんはどんな水着なのかな？』

「まだ決めてなくて。可愛いのにしようかなって思ってるんだけど」

『じゃあこんなのどう？』

詩乃ちゃんから送られて来た水着の画像は、グラビアアイドルと思われる小柄な女の子が極小の布面積の白いビキニを着ていて……って、ナニコレ！

「もー詩乃ちゃん！　揶揄《からか》わないでよ！　こんなのちょっとズレたら見えちゃうじゃん！」

『見せなよ』

「見せないよっ！　そんなことしたら変態さんになっちゃうから！」

『菜子ちゃんは分かってないなぁ。これくらいのマイクロビキニで航を悩殺しないと恋川《れんかわ》ちゃんに勝てないよー』

「美優《みゆ》ちゃんに勝つ……？」

『あたしもそこそこ胸には自信あるけど、恋川ちゃんのソレは異次元だよ。あんなに大きくてスタイルもいいとか天性の物だし。航もあれでムッツリだからころっと恋川ちゃんに堕《お》ちちゃうかもだし』

　関原くんが、美優ちゃんに……?!

「そ、そんなのダメだよっ！」

『なら菜子ちゃんもエロで対抗しないと』

「えっちなのはもっとダメだから！」

『まあ菜子ちゃんは可愛いのが一番だよね。もしよかったら今週の土日のどっちかで一緒に水着買いに行く?』

「行くっ！　土曜日はお仕事無いと思うから！」

『じゃあ打倒恋川ちゃんだね？　航が好きそうなとびっきり可愛いヤツ選んであげよう』

「う、うんっ、ありがとう詩乃《しの》ちゃん！」

　詩乃ちゃんとの電話が終わると、不思議な気持ちになっていた。

美優ちゃんがライバル……？

今まで考えてもみなかったけど、美優ちゃんは関原くんのこと好きだったりするのかな。

でもこの前学食で「そもそも関原さんのこと好きではないですよ？」って言ってたし。

モヤモヤが溜《た》まって胸がきゅっとする。

まただ。

なんだろう、この気持ち……。

☆☆

翌週の日曜日。

関東のレジャープールはどこもシーズンオフに入って行く中、七海沢《ななみさわ》がもらってきたチケットの都外某所にあるプールは九月中もやっているらしい。

しかし問題は電車で片道約二時間もかかる点。

目まぐるしく乗客が入れ替わる電車内で、桜咲と恋川を長時間同じ席に座らせていたら当然誰かしらに気づかれて身バレするリスクがあると判断し、俺たちは在来線のグリーン車に乗って移動することにした。

俺と桜咲、恋川と七海沢でそれぞれ前後の二人席に座る。

後ろに座る恋川と七海沢は何やら楽しげに会話をしていた。

「ねえねえ関原くんっ」

「ん？」

「今朝ね、早起きしてサンドイッチ作って来たんだけど……食べる？」

「さ、サンドイッチ……」

まず間違いなくスペシャルブレンド入りだろう。

俺は桜咲《さくらざき》が手提げ鞄《かばん》から出したピンク色の弁当箱の中を覗《のぞ》きながら察する。

「美味《おい》しそうなサンドイッチだが……俺、さっき朝飯食べたばっかりだから、とりあえず恋川と七海沢にも聞いてみたらどうだ？」

「うん、分かった！　ねえ二人ともー」

すまない二人。俺はもう散々試練を乗り越えてきたから身代わりになってくれ。

「わぁ、菜子ちゃん可愛いサンドイッチ作るねー」

「美味しそうですっ」

「航～、あんたの分も食べちゃうよ～」

俺は無視して目を閉じる。

この後何が起こるのか想像できるからだ。

「「んっ……」」

後ろの二人の会話がパタリと止まる。

どうやら桜咲の料理は七海沢のお喋《しゃべ》りすらも凌駕《りょうが》するらしい。

「……こ、航も、食べなよ。あと一切れだし」

後ろの席から残り一つのサンドイッチが入った弁当箱が送られて来た。

「閑原くんもどーぞ?」

「……お、おう」

覚悟はできてる。

だからこそ、俺は──っ。

サンドイッチを口にした瞬間、いつの間にかプールに到着していたのだった。

☆☆

レジャープールは夏のシーズンが終わっていることもあってそこそこの客入りだった。

どちらかと言うと家族連れが多い印象で大人は子供に付き添う親ばかりだった。

黒のサーフパンツに着替え終わった俺は、男子更衣室から外に出て桜咲たちが着替えて来るのを待っていたが、暇なので施設の案内板を適当に眺めることに。

目の前にあるのがこの施設で一番デカい大型プールか。

奥には流れるプールと多目的プール、あとは大型スライダーにカーブスライダー、直線スライダーってスライダーばっかだなおい。

「航《こう》～っ、おっ待たせ～」

七海沢が一人で女子更衣室から出て来た。

七海沢の水着は水色のクロスデザインのビキニで、夏休みに行ったという海の日焼けがまだクッキリと残っていた。

海の日焼け跡と今着てる水着がピッタリ重なっているから、この水着で海に行ったのだろう。

「なーに航。ジロジロ見ちゃって」

「ジロジロなんか見てねえよ。ただちょっと……七海沢も大人っぽくなったなって思っただけだ」

「えっ……は、え？　なに言ってんのー！」

七海沢は容赦なくバシバシと背中を叩《たた》いてくる。

「て、照れ隠しか？」

「幼馴染《おさななじみ》の航からそんなこと言われたら嬉《うれ》しくて照れるから！」

「そうか？」

「そうだよ！　だからありがと。ちなみに航は……相変わらず痩せこけてるね？」

「それ全然褒め言葉じゃないからな」

むしろ悪口である。

「お二人さんは日焼け止めを塗り合ってて時間かかってる感じ」

「二人はどうした？」

日焼け止め……。

まあ二人はアイドルだし、日焼けするのは絶対にNGなのかもしれない。

「あ、その顔……二人の日焼け止めクリームは俺が塗りたかったのに～って顔でしょ」

「微塵《みじん》も思ってねえよ。二人は意識高いと思っただけだ」

「は？　何それ！　あたしが意識低いみたいじゃん！」

「低いだろ、実際」

「あたしは焼けてる方が似合う系女子だからねっ」

「はいはい」

あーだこーだ言い合っていると、やっと女子更衣室から桜咲と恋川が出て来る。

「二人とも待たせてごめんねー」

ビーチボールを両手に持った桜咲が真っ先に俺たちの方へ近づいてきた。

桜咲はフリルが付いた白とピンク色の可愛らしいオフショルビキニを着ており、髪は白いシュシュで左側におだんご状でまとめていた。

「わたしの水着、どうかなっ？　詩乃ちゃんにアドバイス貰《もら》って選んだんだけど」

「か、可愛いぞ。桜咲によく似合ってるし」

「ホント？　えへへ」

前に見たグラビア写真集の時にも思ったけど、桜咲って手足が細いし肌も綺麗《きれい》だし、何よりいつもあれだけ食べてて、こんなにウエストが引き締まってるのが凄《すご》いよな。

「ちょっと航、見過ぎ。菜子《なこ》ちゃん顔真っ赤になってるから」

「え？」

身体《からだ》の方に目が行って気づかなかったが、桜咲の顔を見ると目をぱちくりさせながら赤面していて、俺と目が合うとビーチボールで顔を隠していた。

「す、すまん桜咲！」

「大丈夫！　ひ、関原くんに見られるなら……わたし、気にならない、から」

「桜咲?!」

「良かったね航？　菜子ちゃんの身体見放題だよ～？」

「うるせっ」

「お待たせしましたっ」

桜咲の後ろからランウェイを歩くかのようにゆっくり歩み寄ってくる影。

後ろで一つに縛ったポニーテールの髪に、全くに日に焼けていない白肌。

すれ違った誰もが二度見するほどに、たゆんと揺れる胸元の大きな果実とグラビアアイドルだと言われたらすんなり納得してしまうほどに非凡なプロポーション。

黒のビキニに包まれた真っ白で豊満な胸元がつい目に入り、俺は息を呑《の》む。

制服越しでも分かるくらい恋川の胸が大きいのは知ってた。

不可抗力とはいえ触ったことのある俺は、つい、あの時の感触を思い出してしまう。

「ふふっ……閑原《ひまはら》さんったら、目がいやらしいですっ♡」

恋川は照れくさそうに言いながら、羽織っていたシースルーのカーディガンで胸元を覆った。

「「じーっ」」

桜咲と七海沢が俺の方を怪訝《けげん》そうな顔で見てくる。

「み！　見てない！　俺は、見てないっ」

「閑原くんのえっち……」

「やっぱムッツリだなぁ、航」

「お、お前らっ……！」

やっぱプールに男一人と女三人とか、俺が一方的にイジられるだけだろ。

俺は今日一日イジられるのを覚悟した。

「まずはどこ行こっか？」

「うーん。恋川《れんかわ》ちゃんどれがいい？」

「このウォータースライダーはどうですか？　近いですし」

恋川の提案でまずはウォータースライダーへ行くことに。

俺はテンションの高い三人の後ろをついていく。

「閑原くんっ」

「ん？」

「スライダー楽しみだね？」

「あ、ああ」

まあ、桜咲が楽しそうならそれでいいか。

桜咲もプライベートでプールに来るのなんて滅多にないだろうしテンションが上がってるんだろう。

「このスライダー二人でも滑れるんだ？　閑原くん、一緒に滑ろうよっ！」

「別にいいけど」

俺がそう答えると恋川が右腕をガシッと摑《つか》んでわざとらしく胸を押し当ててくる。

「……閑原さん、私と滑りましょ？」

「お、お前も二人で滑りたいのかよ……それなら恋川と桜咲が二人で滑ればいいんじゃないか？」

「「「それはない（です）」」」

三人が声を揃《そろ》えてツッコんできた。

そんな全否定しなくても……。

「関原くんのばか」

「関原さん普通に最低です♡」

「航ってホント空気読めないよねぇ……」

軽蔑するように冷ややかな目で、三人は俺を見てくる。

「優柔不断だなぁ、じゃあここは公平にじゃんけんで勝った方が航と滑れるってことにしよう」

「はあ？」

「恋川ちゃん、菜子ちゃん、準備オッケー？」

「はいっ」

「……う、うん」

桜咲と恋川が向かい合う。

「……いくよ、美優《みゆ》ちゃん」

「はい、菜子ちゃん」

そんな真剣にならないでもいいだろ。

「「じゃーんけーんっ」」

☆☆

菜子ちゃんと航がウォータースライダーの列へ並びに行くのを見送り、あたしと恋川ちゃんはスライダーの出口まで行って二人が来るのを待つことにした。

「恋川ちゃんってさ」

「なんですか？　七海沢《ななみさわ》さん」

「もしかしなくても、航のこと好きなの？」

プールサイドに並んで座り、お互い足だけプールに浸《つ》けながら二人が滑って来るのを待つ間、あたしは恋川ちゃんに気になったことを訊《たず》ねた。

「すごい直球な質問ですね？」

「だってさっき、菜子ちゃんと航の間に割って入ったからそうなのかなぁって」

「……」

そこからしばらく沈黙があり、恋川ちゃんはスッと息を吸い込んであたしの方に目を向けた。

「……好きです。多分、こんなに恋焦がれるのは初めてなくらいに、私は関原さんを想《おも》ってます」

恋川ちゃんはプールに浸かっていた左足だけを出し、両腕で抱えた。

黒いビキニに包まれたその大きなおっぱいが左足に押しつけられて横に広がる。

一応、あたしも他の子に比べたら大きい方だけど、この大きさは規格外……って、今はそうじゃなくて！

「れ、恋川ちゃんはさ、航のどこが好きなの？　言っちゃ悪いけど航ってちょっと捻《ひね》くれてるところもあるし、鈍ちんだから女心とかも分かんないし」

「そこが好きなんです。一見、独りよがりな人に見えるのに急に寄り添ってくれたり、冷たいこと言う割には優しかったり。そういう所が好きですし、あの人こそ私を本当の笑顔にしてくれる唯一の人なんです」

「そう、なんだ」

航のことをこんなにはっきり好きって言う子、なんか久しぶり。

中学の時以来かも……。

「七海沢さんこそ、幼馴染なら関原さんに好意を持ったことはないんですか？」

「あたし？　な、ないない！　航とあたしはそういう関係じゃないから」

「そうなんですか？」

「よく勘違いされるんだけどねー。あたしたちは幼馴染だけどほぼ姉弟っていうか……航《こう》はあたしの弟みたいなもんだし」

そう、ずっとそうだった。

幼稚園の頃から今までずっと。

どんだけ冷やかされても、あたしは航の一番の理解者でいたいと思った。

あたしにできることなんてそれしかなかったから。

「航は幼い頃に両親を事故で亡くして、これまでいっぱい辛《つら》い思いをしてきたし、あたしはそれを隣でずっと見てきた。だから航には絶対幸せになって欲しいと思うし、応援したい。でもまあ、こんなの他の人からしたらただの重い女みたいだよねっ？　あはは」

「そんなことないですけど……七海沢さんはもっと自分を大切にした方がいいです」

「自分を？」

「はい。いくら関原さんが大切だからって、自分のことを蔑《ないがし》ろにしたら本末転倒ですよ？」

「恋川ちゃん……もしかして心配してくれてるの？」

いつも笑顔な反面、どこか冷たくミステリアスな印象だった恋川ちゃんが、あたしのことを心配してくれるなんて。

「さあ、どうでしょう」

「なーんだ恋川ちゃんもツンデレー？」

「違いますっ」

恋川ちゃんは否定しながらクスッと笑う。

悪い子……ではないんだと思えたけど、菜子ちゃんにとってはかなりの強敵だなぁ。

にしても航のヤツ、人気現役ＪＫアイドルの菜子ちゃんとご当地アイドルの恋川ちゃんの二人から好かれるとか……大変だねぇ。

と、あたしは他人事《ひとごと》のように思うのだった。

☆☆

俺と桜咲《さくらざき》は二人でウォータースライダーを滑ることになり、スライダーの列に並んでいた。

どうやらこのスライダー、二人乗りの場合は８の字型の浮き輪の前と後ろに乗せられて滑るらしい。

結構二人の距離が近いんだな……仮に恋川と乗ることになってたら大変なことになりそうだった。

「ひ、ひひ、関原くん、これ速かったらどうしよ」

待機列に並んでいると、隣の桜咲が身を抱えるようにして身体をプルプル震わせていた。

「そりゃそこそこ速いだろ、ウォータースライダーなんだし」

「…………え」

桜咲は想定外だったと言わんばかりに口をぽかんと開けて目をぱちくりさせる。

「まさか桜咲って、こういうスライダーみたいなの苦手なのか？」

「だっ！　大丈夫だもん！」

「強がらなくていいぞ？　無理しても良いことないし」

「だ、大丈夫大丈夫」

大丈夫じゃないってのを、その強張《こわば》った顔が語っているんだが。

桜咲は一度やると決めたら揺るがない頑固な所があるからな……仕方ない。

「じゃあ、どうしても怖くなったら目を瞑《つぶ》ってもいいから」

「や、やだよっ、ちゃんと爽快感を味わいたいもん！」

どうやら今、桜咲の中では好奇心と恐怖心が喧嘩《けんか》してるようだ。

そのまま恐怖心が勝ってくれればこのままスライダーを滑らなくて良くなるんだが……

俺も正直、あんま得意じゃないし。

「次の方どうぞー」

俺たちの番が回ってきて、俺が前にそして桜咲が後ろに乗ると、係員の合図で浮き輪が滑り出す。

最初はゆったりと滑り始めたが、徐々に勢いがついてきて──。

勢いがつくと、浮き輪が弾《はじ》いた水が風に乗って顔へ飛んで来る。

「ひ、ひひ、関原きゅんっ！　や……やっぱ怖い！」

「今言うのかよ！」

桜咲は怖い怖いと言いながら、ぎゅっと俺の背中に抱きついてくる。

「だ、抱きつくな桜咲っ！」

「怖いんだもんっ！」

「だからスタートしてから言うなって！」

「うぎゃぁぁぁあああ──っっっっ！」

「おいおい、なんて声出してって……ん？」

水着越しに背中へストレートに伝わってくる、このふにっとした柔らかさ……。

これ、さ、桜咲の……っ。

恋川みたいな見て分かるデカさよりも、こっちの方が何倍も……くっ。

俺はごくりと生唾を飲む。

いやいや！　何考えてんだ俺。

桜咲だってそりゃ女子なんだから、あ、あるだろ。

スピードが増すにつれて桜咲が俺を抱きしめる力も強くなってさらに胸が押し当てられ

る。

「……っ」

この前、桜咲邸へ送った時はそこまで気にならなかったのに、水着だからか直《じか》にその柔らかさが背中に伝わり、さっきから気になって仕方ない。

背中に神経が集中しすぎた俺の脳内はもうウォータースライダーどころじゃなくなっていたが、バッシャーンと下のプールに突入してから、俺はやっと我に返った。

「ぷふぁーっ！　ちょっぴり怖かったけど、爽快感があって楽しかったねー！」

「すまん桜咲……許してくれ」

「え？」

「本当にすまん！」

「どうして謝るの?!」

男の性《さが》に逆らえなかった俺には、罪悪感だけが残った。

☆☆

ウォータースライダーを一通り遊び尽くしたことで満足したのか、桜咲と恋川《れんかわ》は大型プールでどこからか持ってきた浮き輪に乗ってプカプカと浮いていた。

「閑原《ひまはら》くんと詩乃《しの》ちゃんもおいでよ～、のーんびりできるよー」

　ぽわぽわした声で桜咲は俺と七海沢を呼ぶ。

　俺と七海沢は二人が浮き輪で浮いてる側のプールサイドに座り、のんびりしてるアイドル二人を保護者のように眺めていた。

「あいつらすげぇだらけてるな」

「アイドルのお二人はそれだけお疲れってことでしょ？　お仕事以外だと、なかなかこんなプールとか来れないだろうしねぇ」

　確かに仕事以外じゃ来る機会はほぼ無いだろうな。

「あのぉ～」

「ん？」

　突然背後から声をかけられる。

　話しかけて来たのは俺たちと同い年くらいの女子二人組だった。

　長い黒髪で赤いビキニの女子と短い茶髪で白いビキニの女子。

　まさかこれ、逆ナンってやつなんじゃ。

「もしお暇ならぁ、一緒にスライダーとか、どうですかぁ？」

　案の定、逆ナンだった。

　誘われた瞬間、七海沢が耳を貸せとジェスチャーをするので俺は七海沢に耳を貸す。

「航……これ逆ナンだよ。やっぱあんたモテ期に入ったんじゃない？」

「はぁ？」

「ねえどうすんの？　この二人も結構可愛《かわい》いけど」

「断るに決まってんだろ！」

俺は七海沢《ななみさわ》にそう告げると、咳払《せきばら》いをしてから彼女たちの方を向く。

「え、えっと俺……見ての通り、連れがいるんでお断りしま」

「「ハァ？」」

「え？」

二人が眉を顰《ひそ》めながらキレた顔になったので、俺は小首を傾《かし》げる。

「私たちが誘ったのはお姉さんの方なんだけど」

「え、あたし?!」

最初こそ七海沢は素っ頓狂な顔をしていたが、次第に腹立つ顔に変わる。

これ、絶対に俺を馬鹿にする時の顔だな。

「いやぁ、あたしかぁ。こっちの男子よりあたしなの？」

「はいっ！　見た目も雰囲気もめっちゃイケ女で！」

「あたしら二人でいいなぁって言ってたんです！」

茶髪ショートと黒髪ロングが交互に目を輝かせながら言う。

七海沢が雰囲気イケメンって……マジか。

「そかそか。そう言ってもらって嬉《うれ》しいんだけどごめんねー？　あたしこの男と付き合ってるからナンパはお断りでさー」

「そ、そうだったんですか……」

七海沢は俺を彼氏ということにして、慣れた感じでナンパを追っ払い、ふぅ、と達成感の籠った息を吐く。

「いやぁ、やっぱ航には春が来てなかったみたいだわ」

「チッ……別に一生冬で構わねえよ」

「もぉ～、そんなことでイジけないでよ航～」

「イジけてねぇ！」

少しムキになって反論したら七海沢にケラケラ笑われた。

「まっ、航にはあの二人がいるんだし、これ以上女の子の味を知って贅沢舌《ぜいたくじた》になったら痛い目に遭うよ～」

「勘違いもほどほどにしとけ。言っとくけどあの二人は俺のこと――」

「お、やっとバレーのコート空いたみたいだね」

七海沢は立ち上がりながら何やら背後を確認する素振りを見せる。

バレー？　なんのことだ？

「おーい菜子《なこ》ちゃん恋川ちゃん、ご飯の奢《おご》りかけて勝負するよ～」

「ご飯っ！」

桜咲はご飯というワードを耳にした瞬間、真っ先に反応し、恋川と桜咲は浮き輪を抱えながらプールから上がってくる。

「七海沢さん、勝負というのは？」

「まあまずはあそこのバレーコートに移動しよっか」

☆☆

このレジャープールにはバスケットコートとバレーコートも併設されており、プールの客が利用できるよう、水着のままでも遊べるようになっていた。

「えー、それでは今からお昼ご飯をかけてバレー対決をします」

「流石《さすが》にそれはお前の独壇場すぎるだろ」

「はいそこ、逆らうなら負けにします」

「この独裁者が」

それにバレー対決なんて……身長が低い桜咲が可哀想《かわいそう》だろ。

「どうしたの関原くん？」

「いや……なんでもない」

「？」

仕方ない。ここは俺が桜咲《さくらざき》のサポートをしよう。

「ペアどうしよっか？　身長的にあたしと航《こう》は分かれた方がいいから」

「俺と桜咲、お前と恋川が組めばいい」

「ひゅー即決で菜子ちゃんとかアツアツ～、ドンマイ恋川ちゃん」

「別に私は関原さんのこと何とも思ってないので大丈夫です♡」

と笑顔で言いつつも恋川はギロッと睨《にら》みつけてくる。

さ、流石に今のは俺でも鳥肌が立ってしまった。

「本当にわたしでいいの？　スパイクとか打てないし、足引っ張って負けちゃうかも」

桜咲が申し訳なさそうに言うので、俺は桜咲の肩をトンッと叩《たた》く。

「どうせ俺たちが勝っても横暴な七海沢によって俺が奢る羽目になるだろうし、勝ち負けとか気にすんなって」

「関原くん……」

「はいそこイチャイチャすんなー」

「「してないっ」」

とにかくさっきから散々俺のことを馬鹿にしてきた七海沢をぶっ倒さないと気が収まら

ない。

やるからには勝たせてもらうぞ、七海沢。

「じゃあさっそく行くよー」

七海沢が軽く放ったサーブが桜咲の方へ飛んでいく。

「桜咲っ！」

「う、うんっ！」

桜咲は瞬時にボールの正面に入ると低姿勢からお手本のような綺麗《きれい》なレシーブでボールを俺の頭上へ上げた。

え……桜咲、めっちゃ巧《うま》いな。

「関原くんっ！　行ったよ！」

「お、おう」

俺は上がったボールをスパイク（っぽい感じ）で七海沢たちのコートに放ったが、七海沢の超人みたいな反射神経とダイビングレシーブによって地面スレスレで拾われてしまう。

「恋川ちゃん、やっぱ狙い変更！」

「はいっ！」

狙い変更……？

ネットを挟んで反対にいる二人から悪意のある視線がこちらに向けられる。

「……っ！」

恋川から強烈なスパイクが俺に向かって放たれ、至近距離だったので俺は反応できなかった。

「関原さん……私を選ばなかった罰です♡」

恋川は恨みったらしくネット越しにそう言ってから離れて行った。

こ、こいつ……。

「すまん桜咲！」

「関原くんドンマイドンマイ！」

「あたしたち強すぎるからサーブは全部そっちからでいいよー」

七海沢の奴《やつ》、舐《な》めやがって。

桜咲がサーブをして、ゲームが再開する。

マズイな。桜咲をサポートするどころか俺が穴になってるような……ん？

俺が穴……狙い変更……。

「まさかアイツら……っ！」

「恋川ちゃん！　航の方！」

「はいっ！」

桜咲のサーブを拾った七海沢は恋川に指示を出す。

やっぱそうか。

七海沢と恋川《れんかわ》は桜咲が意外とバレーが出来るのを察して、完全に狙いを俺へシフトしやがった。

こうなったら意地でも拾っ――えるわけもなく、俺はレシーブをミスった。

「恋川ちゃん巧いねぇ～」

「ありがとうございます」

「お前ら帰宅部の暇人を虐《いじ》めて楽しいのかよ！」

「そ、そうだよ！　閑原《ひまはら》くんは普段から運動してないんだし狙うなんて酷《ひど》いよ！」

「桜咲、善意しかないお前にそれを言われるのが一番効く」

「へ？」

結局その後も俺が狙われ続け……。

――数分後。

「はーいそこまで。10対0であたしたちの勝ち！」

俺たちはストレートで負けた。

悔しいというよりも自分自身が情けない……。

「ごめんね関原くん。私がサポートできなかったばっかりに」

と、桜咲に言わせてしまうことに罪悪感すら覚えてしまう。

あれだけ桜咲をサポートしないといけないと意気込んでいた数分前の自分をぶん殴りたい。

バレー対決が終わると、俺たちはフードコートへ向かった。

「航ったら情けないなぁ。菜子ちゃんが可哀想だよ」

「そうですよ関原さん。菜子ちゃんにも奢ってあげてください」

「分かってる……桜咲は何が食べたい？」

「え、いいの？」

「俺のせいで負けたし気にすんなよ」

「関原くん……っ。じゃ、じゃあお言葉に甘えて……ラーメンと焼きそばとカレーとハンバーグとイカ焼きとアイスっ！」

「甘えすぎだろ」

☆☆

食後は多目的プールに移動してビーチボールで遊ぶ女子三人。

俺は三人に振り回されて完全に疲れ切っていた。

プールサイドに座りながら多目的プールに足だけ浸《つ》かり、遠目に三人がビーチボールで遊んでいるのをぼーっと眺めた。

七海沢と桜咲がはしゃいでる姿は容易に想像できたが、恋川も二人と同じくらいはしゃいでいるのを意外に思った。

今もあの大きな胸を揺らしながらビーチボールをトスしている。

恋川も楽しんでるならそれに越したことはないが……思わせぶりな恋川の中身を知ってるからこそ、俺は警戒心を解くことができない。

今だって何を考えているのか全然読めないし……。

「……ちょっと喉渇いたな」

俺はプールサイドに上がり、多目的プールで遊ぶ三人に「おーい」と声をかけた。

「今から飲み物買いに行くけど、三人は何がいい？」

「気が利くねぇ航。あたしはコーラ」

「わたしもコーラっ！」

「じゃあ私もコーラでお願いします」

女子三人いてコーラに偏るって……。

俺は「りょーかい」と答えてその場を後にした。

途中で更衣室に寄ってロッカーから財布を取り出し、自販機コーナーまで移動する。

こんなに暑いから自販機コーナーは混み合ってると思ったが、全く人がいなかった。

さて、さっさとコーラ三本買ってあいつらの所に戻らないと……。

「ひっまはっらさんっ」

「うぉおっ?!」

俺は驚きのあまり、コーラの下にあったコーンスープのボタンを押してしまう。

「「あ……」」

ガランッと出て来たのは冷製コーンスープだった。

「ごめんなさい航くん。まさかこんなことになるとは」

俺を背後から脅かした人物——恋川美優《みゆ》。

悪びれる様子もなく笑顔で謝罪しながら、間違えて買ったコーンスープを開けるとそれを口にした。

「恋川……何しに来たんだよ」

「航くんが逆ナンされないか心配なので付いてきちゃいましたっ♡」

「…………」

「無言やめてください」

「なんて返すのが正解なんだ?」

「そうですね……『逆ナン怖いし、今から俺と二人で抜け出そう』とか？」

「却下」

「相変わらず手厳しいです。菜子《なこ》ちゃんには甘々なのにー？」

「甘々って……そんなことない」

「ありますよ。さては菜子ちゃんとウォータースライダーで身体《からだ》を重ねてからドキドキが止まらないんですか？」

「……お前には関係ない」

そう言いながら俺は改めて小銭を入れてコーラを買う。

できるだけ恋川と二人きりにはなりたくないのだが……。

「じゃあ――こんなのはどうですか？」

俺が警戒した矢先に、恋川は俺の背後から思いっきり抱きついてきた。

「……っ」

桜咲の時とは全くボリュームの違う、考えられないくらいの大きさ。

前に触ってしまった時の、張りがあって柔らかいあの感触が、思いっきり背中に当たっている。

少し湿った恋川の黒いビキニがその生々しさをさらに引き立たせ、火照った肌と肌が触れ合い、恋川の体温が伝わってくる。

「どうですか？　これでも菜子ちゃんの方が〝気持ちいい〟って思えますか？」

恋川はわざとらしく胸を俺の背中に擦《こす》り付ける。

「や、やめろっ。お前、こんなこと誰彼構わずやってるのかよ」

「誰にでもしてるわけじゃないです。前にも言いましたが、航《こう》くんだけですから」

「なんで俺なんだよ！　俺みたいな男、この世には五万といるし、珍しくも何も」

「珍しいからじゃなくて、航くんが航くんだから……私はちょっかい出したくなっただけです」

「俺が、俺だから？」

恋川は意味深な言葉を口にしながら、俺の上半身に絡めた腕でさらに強く抱きしめてくる。

恋川の湿ったポニーテールの金髪が俺の肩まで垂れてきた。

「は、離れろって……っ」

俺は振り向き様に恋川の肩を掴《つか》むと、距離を置く。

恋川の顔を見ると、頬を真っ赤に染めていた。

てっきり何の恥じらいもなくこんなことしているのかと思っていたが、恋川は赤面しながら俺の方を見つめていた。

「航くん、なんだかんだで三分間も私の抱擁を受け入れてましたね？」

「うっ、受け入れてない！」

「私の身体……お好きなんですね？」

「断じて違う！　ほら、飲み物買ったんだからもう戻るぞ」

「……ツンデレさんなんだから」

恋川は俺からコーラを受け取りながら、小悪魔みたいに裏の顔を見せた。

☆☆

「詩乃《しの》ちゃん、ちょっとお手洗い行って来るねー」

「うん。もし航たちを見かけたら、この辺にいるって言っといてー」

「おっけー」

わたしはトイレに向かって歩きながら、先に関原くんがいるであろう自販機コーナーへ寄ることにした。

関原くんが一人じゃ四本も持てないからって、美優ちゃんもプールから出たっきり戻って来ないし、当の関原くんも遅いからわたしは心配になっていた。

きっと関原くんのことだから、小銭が足りなかったとかだと思うけど。

「もー、関原くんったらおっちょこちょいだなぁ」

そしてわたしが自販機コーナーに近づいたその時、目を疑うような光景がそこにあった。

「えっ――」

自動販売機の前で美優ちゃんが関原くんの背中に抱きついて――っ。

「なんで美優ちゃんが関原くんに……」

美優ちゃんのあの大きな胸が関原くんの背中に押し当てられて、平らになりそうなくらいに強く抱きしめられてる。

美優ちゃんは関原くんのこと何とも思ってないって言ってたのに……どうしてあんなことを。

その光景を見ているのが怖くなってしまったわたしは、その場から逃げるようにしてトイレへ移動し女子トイレの列に並んだ。

わたしの中でまたあの気持ちが強くなってくる。

関原くんが他の子と何かしてると感じる胸のチクチク。

でも今日は普段よりもそれが強く感じられた。

大切なお友達に対してこんな気持ちになるなんて……ダメなのにっ！

考えれば考えるほど胸の中が不快感に支配され、美優ちゃんに対して嫌な感情が込み上げてくる。

そして、いつか美優ちゃんに関原くんを取られちゃうのかと思うと辛《つら》くて……。

美優ちゃんも関原くんのこと……好き、なのかな。

もしそうだとしたら、わたし……。

初めての感情に困惑しながらみんなの所に戻ったわたしは、なんとか平静を装うので精一杯だった。

第六章　現役ＪＫアイドルさんは体育祭で活躍したいらしい。

プールから帰宅した俺は、ダラッと玄関に座り込みながら天井を見上げる。

疲労困憊《ひろうこんぱい》で何もする気にならない。

プールでは、終始あの三人に振り回されっぱなしだったし、身体的にも精神的にも疲弊しきっていた。

lime のグループでは、七海沢《ななみさわ》が今日撮った写真を大量に送りつけてくるのでさっきから通知が鳴り止《や》まない。既に未読通知は30件を超えていた。

プールの写真ってことは桜咲《さくらざき》の水着の写真も……。

そんなことを思いながら lime のグループを開こうとしたが、俺は指を止める。

「な、なに邪《よこしま》なこと考えてるんだ俺。桜咲をそういう目で見るのは……ダメだろ」

俺はスマホを閉じてポケットに入れると、立ち上がる。

「道子《みちこ》さんが帰ってくるまでには夕飯の支度をしておくか」

俺は荷物を部屋に置くと風呂に直行し、身体を洗い流してからキッチンへ向かった。

冷蔵庫のフック付き磁石に掛けてあるエプロンを手に取り、夕飯の支度に取り掛かろうとしたら、ポケットの中にあったスマホに着信が入った。

どうやら桜咲からの着信のようだ。

「もしもし、桜咲？」

『閑原《ひまはら》くん……今いい？』

「ああ。どうした？」

『……あのね』

と、言いかけて桜咲は無言になる。

何か言いづらいことなのか？

「えっと、桜咲？　プールに忘れ物でもしたのか？」

『わ、忘れ物なんてしないもん！　そうじゃなくて！　わたしが聞きたいのは……聞きたいのはっ』

「桜咲？」

『………』

そしてまた沈黙が訪れる。

どうしたんだ？　と聞き返すのも急《せ》かしてるみたいになってしまうので、俺は大人しく桜咲が喋《しゃべ》り出すのを待った。

『……ごめん、やっぱりなんでもないや。今日は疲れたからもう寝るね？』

「おお。おやすみ桜咲……」

通話が終わると違和感だけが残った。

どこかへ行った日の夜はいつも興奮気味にその感想を語る桜咲なのだが、普段なら何時間も続く桜咲との電話が、ものの三分で終わってしまった。

今までで最短かもしれない。

様子がおかしかった桜咲を心配に思いながらも、俺は冷蔵庫を開けた。

バレーで負けた時のことを気にしてるのか？

それにしてはあの後、遠慮なく大量の昼飯を食ってたような……。

だとしたら、何が原因だ？

桜咲が水着姿で更衣室から出てきた時、俺が桜咲の水着をジロジロ見たから嫌われたとか？

それに関しては俺も反省しているが、あれは桜咲の水着姿が可愛《かわい》かったからで……。

冷蔵庫がピピッピピッと開けっ放し防止のブザーを鳴らす。

それが気にならないくらい俺は桜咲の様子がおかしかった理由を考え込んでいた。

☆☆

美優《みゆ》ちゃんが関原くんに抱きついていたあの光景を見てから、わたしの中の歯車が狂ってしまった。

　お仕事では、読んでくる台本を間違えちゃったり、ライブの練習中にソロパートの歌詞が飛んじゃったり……今朝なんて、お母さんが丹精込めて作ってくれたスペシャルブレンド炊き込みごはんが四杯しか喉を通らなかった。

　仕事から帰宅したわたしは、湯船に浸《つ》かりながら水面に映る自分の顔を見つめる。

「わたし……やっぱり美優ちゃんに嫉妬、してるのかな」

　大切なお友達に嫉妬するなんて、良くないことだと分かってる。

　でもわたしにとって閑原くんは、かけがえのない存在で……大切な人だから。

　閑原くんとする暇つぶしの時間が自分の中の一番のモチベーションであり、仕事や勉強を頑張る糧となっていた。

　そして閑原くん本人も、わたしと過ごす時間を大切にしてくれていて、わたしをたくさん甘やかしてくれた。

　だからこそ、心のどこかで安心していて、閑原くんが他の誰かに狙われているなんてことは思ってもみなかった。

　あれだけ優しくて、面白くて、一緒にいると楽しい男の子なんだから……よく考えればモテるに決まってる……。

「きっと美優ちゃんは閑原くんのこと……好きなんだ」

好きじゃなきゃ、あんなにギュッと抱きついたりなんかしない。

美優ちゃんの大きなお胸が、関原くんの身体《からだ》に押し付けられるあの光景を思い出すたびに、嫌で嫌で、仕方なくなる。

関原くんのことが大好きだからこそ、その光景はもはやトラウマになっていた。

「ひ、関原くんも関原くんだよ！　すぐ抵抗しないで、まるで受け入れてるみたいに……美優ちゃんのお胸が、ちょ、ちょっと大きいからって！」

大きい……からって……。

試しに自分の胸を触ってみたけど、わたしの場合はその小さな両手でもペタッとおさまってしまう大きさだった。

そんな自分に劣等感を抱きながら、立ち昇る湯気を見つめる。

たくさん食べてるのに、わたしは詩乃ちゃんや美優ちゃんみたいに大きくならないのかな。

このままじゃ、関原くんが美優ちゃんに取られちゃう……。

「い、嫌だよ、関原くん……っ」

関原くんが美優ちゃんと付き合っちゃったら、もう二人でお出かけしたり、遊んだり、ご飯食べたりできなくなっちゃう。

そんなの、絶対やだ……っ。

しょっぱい涙が頬を伝った。

関原くんとの時間がなくなるなんて考えたこともなかったし、これからもずっと続くものだって思ってた。

けどそれはわたしの一方的な考えだったのかもしれない。

関原くんには関原くんの気持ちがあって、これまでわたしが抱いてきた関原くんへの気持ちが全て罷《まか》り通るわけじゃないし、関原くんが美優ちゃんのことを好きなら、わたしにそれをどうこう言う資格はない。

だから……もしそうだとしたら、わたしは……。

考えれば考えるほど、頭の中に嫌なことばかり浮かんで、関原くんへの想《おも》いが強くなってくる。

お風呂で散々泣いて、パジャマ姿で戻ってきた部屋でもずっとメソメソしていると、お母さんが綺麗《きれい》に畳まれた体操服を持って部屋のドアを開けた。

「菜子《なこ》、入りますよ」

「う……うん」

「あら……久々にネガティブモードなの？」

ネガティブモードというのは、関原くんと出会う前にはよくあった、仕事疲れでネガティブになっている状態のことで、部屋で落ち込んでいる姿をお母さんに見られてから、そう呼ばれるようになった。

「お仕事で嫌なことがあった？　それとも——関原さんと何かあったのかしら」

「…………」

「どうやら後者のようね」

「ちがっ！　う、ううん、やっぱり違わない……」

お母さんにはわたしの全てが見透かされている。

だから、変に隠そうとは思わなかった。

こんなことお母さんにしか話せないし、相談してみよう。

「お話、聞いてくれる？」

「ええ、何でも話して」

「……じ、実はね、関原くんが他の女の子に抱きつかれているのを見ちゃって」

「まっ！　まさかのＮＴＲ展開?!」

ネト？　ラレ？

あれ、そういえば前に詩乃《しの》ちゃんも同じことを言ってたような……。

「ご、ごほんっ。それで？　関原さんを誘惑する女狐《めぎつね》はどんな子なのかしら？」

「わたしより背が高くて、グラビアアイドルさんみたいなプロポーションのおっぱいが大きい女の子で……」

美優ちゃんのことを説明していたら、美優ちゃんが抱きついてるあの光景がまたフラッシュバックしてしまう。

もう、思い出したくないのに……！

わたしが頭を抱えようとすると、お母さんがわたしの両肩をガシッと摑《つか》んだ。

「菜子。私たち桜咲家の女にとって、巨乳は天敵よ」

「き、急にどうしたのお母さん」

「悔しいなら明日の体育祭でその女狐を負かしてやりなさい。いい？　巨乳に勝つまでご飯抜きよ」

「な、何それ…………って、体育祭?!　あれ、明日って体育祭だっけ?!」

週明けの昨日と今日は、アイドルの仕事の都合で高校に行けなかったので、明日が体育祭だということを完全に忘れていた。

体育祭かぁ……。

今のこんな気持ちじゃ、関原くんと楽しく過ごすなんて悠長なこと考えていられない。

「菜子、どれだけ嫌なことがあってもあなたの気持ちは変わらないでしょ？」

「わたしの気持ち？」

「関原さんのことが好きという気持ちよ。恋愛は気持ちが強い方が勝つの。他の人間に振り回されてないで、関原さんのことが好きならその気持ちを大切にしなさい」

お母さんはいつもの落ち着いた口調で、諭すように言った。

自分の気持ちを、大切にする……。

「それに、あなたが好きな関原航《こう》という人間は、身体で人を判断するような人ではないはず。もし身体で決めるような人なら……とっくに愛《いと》しの一成《いっせい》さんと合体してるわ」

「お父さんと合体？　どゆこと」

「……ふふふっ」

お母さんは不気味な笑いを残して部屋を後にした。

よく分からないけど……お母さんの言う通りだ。

明日は美優ちゃんのクラスに勝つ……それが根本的な解決には繋《つな》がらないけど、関原くんが美優ちゃんのことを気にならないくらいわたしが活躍して、関原くんにいっぱい褒めてもらえばいい。

「いつまでもメソメソなんて、わたしらしくないもんねっ」

嫌な思い出は嬉《うれ》しい思い出で塗り替えていくしかない。

だから今日は早く寝て、英気を養っておかないと！

そう思ってベッドに横になった時、スマホにlimeの通知が入った。

関原くんかな……と思ったら、美優ちゃんからだった。

こ、このタイミングで美優ちゃん……。

わたしは恐る恐るlimeを開いた。

『美優ちゃん：明日の体育祭、個人種目は障害物競走と女子のクラス対抗リレーの二つに出るんですけど、クラス対抗リレーの方は、菜子ちゃんも出るんですよね？　一緒に走れるのを楽しみにしてますっ』

宣戦布告のようなそのlimeのメッセージに、わたしはさらに闘争心が湧いてくる。

クラス対抗リレー、美優ちゃんも走るんだ……っ。

「そういえばわたし……アンカーだった」

もし美優ちゃんもアンカーなら、直接対決になるってことだよね。

「絶対に、負けられない……っ」

☆☆

「航くーん、早く起きなさーい。今日は体育祭でしょー」

部屋の外から道子《みちこ》さんのモーニングコールが……ん？　体育祭？

「あっ……やっぱ」

寝起きで頭が全く回ってない俺は、とりあえずスマホを開く。

そう、今日はこの高校のビッグイベントの一つである体育祭が行われるのだ。

寝坊した俺は顔を洗って簡単に朝食を済ませると、制服の下に体操着を着て玄関へ向かう。

「航くん！　出勤前に応援行くから！　航くんが頑張ってるとこ写真撮りたいし」

「やめてよ道子さん。小学生じゃあるまいし」

「いいの！　私が応援に行くんだから、頑張りなさいよ〜」

……と、言われましても、俺が出るのは全員参加の種目くらいなんだが。

「行ってきまーす」

道子さんに見送られながら俺は家を出た。

急いでたから気がつかなかったが、早朝に七海沢《ななみさわ》から lime のメッセージが入っていたらしく、俺は今それを確認する。

どうやら七海沢は朝から体育祭の設営準備を手伝いに行くから先に登校するらしい。

バレー部の朝練が無い水曜日は、いつも一緒に登校しているので、わざわざ lime で一緒に登校できない旨を伝えてくれたのだろう。

『了解』と、返信してからスマホを閉じようと思った俺は、ふと七海沢のトーク欄の下にある桜咲《さくらざき》のトーク欄に目が行った。

先週日曜日の着信以降、なぜか桜咲との会話が途絶えた上に、桜咲はここ二日間仕事で高校に来ていない。

あの違和感がある三分の電話が最後になっていたのだ。

体育祭の前日である昨日は、桜咲から電話が来るものだと思っていたが……結局、電話は無かった。

「最後の電話の時、桜咲の様子がおかしかったもんな」

何か聞きたいことがありそうだったのに、結局「なんでもない」と流されてしまった。

あれは一体、何だったのか……。

それ以降電話もメッセージもないから、むしろ心配になった。

前まで毎日のように色んな話をしてくれた桜咲の声が、遠い昔のことのように思えてしまう。

アイドルに詳しくない俺にはよく分からない話ばかりだったけど、それを一生懸命話してくれる桜咲と電話してるあの時間が俺は好きだった。

暇つぶしだってそうだ。

俺は久しく一人の暇つぶしをしていないし、いつしか桜咲のスケジュールに合わせて暇つぶしをするようになっている。

桜咲を喜ばせたい、桜咲に満足して欲しい。

最初の頃は桜咲のワガママに付き合ってあげているだけだったのに、徐々に俺の中の意識は、桜咲のためを思うようになっている。

この二日間連絡がないのは、ただ仕事が忙しいのが理由なのかもしれないが……本当はどうなのだろうか。

あれやこれやと堂々巡りしていると、高校に到着していた。

校舎の横にあるグラウンドでは既に体育祭の準備が終わっているようで、普段はサッカーゴールだけで殺風景なグラウンドも、テントとブルーシートでクラスごとに応援席が設営されていたり、万国旗が飾られていたりと、体育祭らしくなっていた。

「……ん？」

グラウンドをぐるっと見渡していると、観客席にレジャーシートを敷いて一眼レフカメラを構えている親を見かけた。

高校の体育祭だっていうのにえらい張り切ってる親だな……と思いながら目を凝らすと、そこにいたのは。

「……あれ、桜咲の両親じゃねえか」

相変わらず着物姿の蜜《みつ》さんとスーツ姿の一成さんがレジャーシートの上で、カメラのセッティングをしている。

開会式までまだ時間あるのに席取りとか、親バカ過ぎるだろ……。

見て見ぬふりをしても良かったが、遠目ながらに蜜さんがこっちを見ているような気がして、無視しづらくなった俺は仕方なくグラウンドまで挨拶に向かった。

「お、おはようございます」

俺が挨拶すると蜜さんがレジャーシートをポンポンと叩《たた》く。隣に座れという合図だろう。

「おお閑原《ひまはら》くん。ちょうど良かった」

一成さんは俺を見るなりカメラを手渡してくる。

「体育祭記念に、私たちを撮ってくれ」

「記念って……一成さんと蜜さんを撮ればいいんですか？」

「ああ、頼む」

カメラマンを頼まれた俺は、レジャーシートの上で肩を寄せながらイチャイチャする同級生の両親の写真を撮る。

ここは地獄か。

バカップルで親バカって……桜咲も色々大変だな。

「あの、こんな感じでいいっすか？」

「ありがとう閑原くん。いやぁお恥ずかしい」

一応羞恥心はあるんだな。

俺はこの空間から離れたくて仕方なくなり、鞄《かばん》を持ってそのままその場を後にしようとしたが。

「お待ちください。閑原さんも一成さんと一緒にどうですか？」

「結構です」

「まあまあそう言わず」

蜜さんは謎の怪力で俺の腕を引っ張って一成さんの方へ放り投げると、カメラを構える。

「おっと。大丈夫か閑原くん」

レジャーシートに座っていた一成さんが、そのゴツゴツとした筋肉質の身体《からだ》で俺を受け止めた。

レジャーシートの上で、俺と一成さんの身体が重なる。

「い、いいですよ！　閑原さんっ！　一成さんもっ！」

パシャパシャッとカメラが音を立てた。

この母親、どうしても夫と娘の同級生男子という禁断のＢＬカップリングを成立させたいらしい。

やっぱ色々歪《ゆが》んでやがる。

「……ごちそうさまでした」

「その感想ほど今まで気持ち悪いと思ったことはなかったです」

俺は呆《あき》れながら踵《きびす》を返してその場から立ち去ろうとしたが、さっきまで気持ち悪い感想を述べていた蜜さんが突然真顔で俺の手を引っ張る。

「な、なんですか？　もう写真は」

「菜子《なこ》は関原さんに褒めて欲しくて他の誰よりも頑張ると思います。だから、あの子の活躍をしっかり見ていてあげてください。それがあなたの使命ですから」

蜜さんは含みのある言い方をして、微笑《ほほえ》みながら俺の手を離した。

桜咲の活躍をしっかり見る……か。

「分かりました」

俺はそう答えて、桜咲の両親に見送られながらグラウンドを後にした。

☆☆

教室に到着すると、前の黒板に『一年Ａ組優勝！』と多色のチョークで派手に書かれていた。

おそらくやる気満々の運動部の連中が書いたのだろう。

やる気あるなー、と他人事《ひとごと》みたいに思っていると、先に登校していた七海沢が俺の方へ近づいてくる。

クラスカラーの赤いハチマキを額に巻いて、見るからにやる気満々のようだ。

「航！　今日は優勝狙うんだから少しはやる気出しなよ！」

「ほぼ応援席にいる予定の俺に言われても」

「全員参加の綱引きとか大縄跳びには出るでしょ！ったく、ほんと航ったらこの手の行事嫌いなんだから」

「仕方ないだろ？　これまで俺は友情・努力・勝利から縁遠い生き方してきたんだから」

それにやる気がないのは俺だけじゃない。

運動部連中のやる気に反比例するように、俺みたいな帰宅部や、文化部の連中は教室でダラダラ雑談している。

「とにかく！　応援席でずっとダラダラしてたら担任にチクるからね」

「おまっ、それは反則だろ」

七海沢はベーッと舌を出して運動部グループの方へ戻っていった。

あの担任にチクられるのは普通に嫌だな。

説教されるに決まってるからな……。

俺は制服を脱いで下に着ていた体操服姿になって席に座ると、体育祭のプログラムを確認した。

俺が出る全員参加の種目は午前に集まっていたので、午後はダラダラ過ごせそうだな。

ちなみに、桜咲や七海沢が出る女子のクラス対抗リレーは午後最初の種目らしい。

昼飯の後にすぐリレーとか、なかなかハードだな。

どうやらこの高校では一番盛り上がる種目の教員リレーが最後に控えているので、クラス対抗リレーは前座みたいな扱いをされているらしい。

ポイントとか関係ない教員リレーがメインなのか……。

俺が体育祭のプログラムから顔を上げると、ちょうどそのタイミングで桜咲が登校してきた。

桜咲は既に体操服姿で、赤いハチマキを巻いている。

おそらくクラスに来る前に更衣室へ寄り、制服から体操服に着替えて教室に来たのだろう。

あの親子がグラウンドに居たのに桜咲がまだ来てなかったから不思議に思っていたが、そういう事だったのか。

「菜子ちゃんおはよー」

登校してきた桜咲に七海沢が声をかけている。

すると桜咲はいつも通りの笑顔で「おはよっ」と返していた。

あれ？　意外と普通……だな。

俺の心配は杞憂《きゆう》だったのかもしれない。

桜咲はカバンを机の横に掛けると、急にこっちを見てきて、ゆっくり歩み寄ってくる。

な、なんだなんだ。

「関原くん、お、おはよっ」

お互いに、高校では極力会話をしないようにするという共通認識になっていたはずだったが、桜咲《さくらざき》はそんなことを気にせず俺に話しかけてきた。

あの電話が最後だったこともあり、若干の気まずさがあるが……声をかけてきてくれたってことはいつも通り……でいいんだよな？

「おはよう桜咲。今日は体育祭だな？」

「う、うんっ」

「桜咲はリレーあるから大変だと思うけど、頑張れよ」

「わたし頑張って勝つから、その……」

「ん？」


「わたしのこと――しっかり見てて欲しい」


桜咲は真《ま》っ直《す》ぐな瞳をしていた。

この前の電話の時のような曖昧な喋《しゃべ》り方ではなく、はっきりとした意思を桜咲の声から感じる。

「……分かった。頑張ろうな、桜咲」

「うん、絶対負けない」

でもどこか、普段の桜咲とは違う印象を受けた。

いつもの桜咲なら、勝つことよりも楽しもうとか、お昼のお弁当が楽しみ～とか、呑気《のんき》なことを言いそうなものなのだが、今日の桜咲は七海沢《ななみさわ》たちみたいに勝つことに拘《こだわ》っているように見えた。

『あの子の活躍をしっかり見ていてあげてください。それがあなたの使命ですから』

さっきグラウンドで蜜さんにも頼まれたことを思い出す。

「関原くん、じゃあそろそろ席に戻るね？」

「あ、ああ」

桜咲は自分の席へ戻って行った。

どちらにせよ、俺は全員参加の種目にしか出ないし、桜咲の活躍を応援席で見るのが仕事なんだから使命とかそんな重く考える必要はないだろ。

しばらくして実行委員からグラウンドに移動するように言われ、生徒がグラウンドまで出てクラスごとに整列する。

☆☆

普段なら一限目が開始する時刻に開会宣言が行われ、体育祭がスタートした。

朝から関原くんに向かって、見てて欲しいって言っちゃった。

自信満々に言ったんだから、絶対に失敗できない。

「なんか菜子ちゃん緊張してる？」

「えっ？」

開会式が終わり、応援席へ向かう途中で詩乃《しの》ちゃんに心配される。

顔に出ちゃってたかな……？

「き、緊張なんかしてないよ？」

「ほんと？　やけにムスッとした顔してるし、さっきから小声で関原くん関原くんって言ってるから」

「え⁈　わたしそんなこと、言ってた⁈」

「あ、ごめん嘘《うそ》」

「もおーっ！」

わたしが怒ると、詩乃ちゃんはニヤニヤ笑っていた。

「航《こう》に、いいとこ見せたいの？」

「見せたい！」

「そ、即答するほどって、相当だねぇ」

「わたし、負けたくないから……」

「負けたくない？」

詩乃ちゃんは小首を傾《かし》げながら聞き返してくる。

美優《みゆ》ちゃんに……と答えたいけど、それを言ったらいつもみたいに揶揄《からか》われちゃうかもしれないから、わたしはあえて言わないことに——。

「あ、もしかしなくても恋川《れんかわ》ちゃんのこと？」

ば、バレてる……っ?!

「ど、どうしてそれ、詩乃ちゃんが知って」

「だって菜子ちゃんのライバルなんて恋川ちゃんくらいしかいないし」

「ライ、バル？」

「恋のライバルってこと。だって恋川ちゃん、航のこと好きみたいだし」

それを聞いた瞬間、全てが腑《ふ》に落ちた。

関原《ひまはら》くんに抱きついていたのは、やっぱり美優ちゃんも関原くんのことが好きだったから、なんだ……。

より一層、美優ちゃんには負けられないと強く思うようになった。

「闘争心を煽《あお》るつもりはないけどさ、恋川ちゃんもクラス対抗リレーに出るみたいだし、絶対勝たないとね？」

「はいっ♡　お手柔らかにお願いします」

わたしと詩乃ちゃんが応援席に着くと、突然、背後から美優ちゃんの声が聞こえた。

「お、噂《うわさ》をすれば恋川ちゃん」

「おはようございますっ」

ポニーテールの美優ちゃんは、B組のクラスカラーである青いハチマキを巻いており、相変わらずその胸は体操服の上からでも分かるくらいに大きい。

それを見るたびに、わたしの中であのトラウマが想起される。

「菜子《なこ》ちゃん、そんなに私の胸を見てきて……えっちですね？」

美優ちゃんはニコニコしながらわたしとの距離を詰めると、わざとわたしの胸に自慢の大きな胸を押し当ててきた。

こうやって関原くんの背中にも当てて、関原くんを誘惑してたんだ……。

わたしは離れることなく、わたしより少し背の高い美優ちゃんの目を見上げる。

すると美優ちゃんもわたしに向かって力強い視線をぶつけてきた。

「菜子ちゃんいい顔してます。まるで獲物を横取りされそうで威嚇するライオンみたいな♡」

「美優ちゃん……わたし、負けないよ」

「私も負けるつもりはありませんし……菜子ちゃんってクラス対抗リレーのアンカーなんですね？」

「そ、そうだけど」

「私もアンカーなんです。アイドル同士、クラスの威信と……あと閑原さんをかけて、勝負です」

美優ちゃんからそう言われて、わたしの中の勝ちたい気持ちが一方的じゃないと知る。

美優ちゃんも、わたしに負けたくないって思ってたんだ……。

「はいはいお二人さん、バチバチはそこまでで、そろそろ玉入れ行くよー」

「はいっ」

「うん！」

☆☆

体育祭最初の種目である玉入れの準備が始まった。

玉入れはクラス全員参加の種目なので、当然俺も参加することに。

ちょうど俺の身長の倍くらいの高さにあるカゴが用意されており、それに向かって玉を投げ入れるようだ。

「航はあたしと菜子ちゃんの玉拾いお願いね？」

「ええ……」

「玉入れは役割分担が大事だから！　それに航の場合は投げてたらすぐ疲れちゃいそうだし」

「玉拾ってる方が疲れると思うんだが」

「つべこべ言わないのっ」

「はぁ……分かったよ」

やる気に満ち溢《あふ》れている七海沢と桜咲は両手に玉を持ちながら、スタートのピストルを今か今かと待っていた。

待ってる間、隣のB組の方へ目をやると恋川がハチマキを巻き直しているのが見える。

体操服姿の恋川はやけに新鮮に映った。

「閑原くんっ、もうすぐ始まるよー」

「お、おう」

ピストルが鳴り、玉入れが始まった。

赤い玉がカゴに向かって次から次へと放られる。

俺は足元に転がった玉を回収しながら桜咲や七海沢に届けた。

これほどまでに地味な作業だとは……。

俺が玉を拾って桜咲たちに送り届けていると、観客席の方から俺を呼ぶ声がする。

「航くーん、こっち見てー」

俺を呼んでいたのは道子《みちこ》さんだった。

道子さんは手を振りながらスマホのカメラをこっちに向けている。

高校生の体育祭でそれは本当にやめて欲しいし……甥《おい》っ子《こ》のこんな姿写真に収めないでくれ。

羞恥心で今にも死にそうになっていると、今度はやけに低い声で誰かが俺を呼ぶ……。

「おい関原くん！　玉を拾ってばかりいないで、君も投げろ！」

「そうですよ関原さん！　玉を投げなさい！」

さながら甲子園のネット裏みたいにうざったいヤジを飛ばしてくる桜咲夫妻。

あんたらは桜咲の写真でも撮ってろって。

「このままだとＢ組に負けるぞ！」

野球部の鈴木《すずき》がＢ組のカゴを見ながら叫んだ。

Ｂ組って……恋川の……。

「Ｂ組……っ」

玉を投げていた桜咲が、手を止めてＢ組の方を睨《にら》んだ。

「関原くん、もっと玉持ってきてっ！　一気に投げるから！」

「わ、分かった」

桜咲に言われて俺は集めていた玉を全て桜咲に手渡す。

「見てて閑原くんっ」

桜咲はピストルが鳴るギリギリで俺が持ってきた玉をギュッと固めて両手に持ちながら、思いっきりカゴに向かって放り投げた。

ピストルが鳴る寸前に、桜咲が固めて投げた玉は塊のまま一気にカゴへと吸い込まれていく。

「す、すげえな桜咲っ。ギリギリで追い上げたぞ」

「だてに番組の企画で何度も体育祭っぽいことやってきてないからね！」

「おお……さすが」

と、桜咲の凄《すご》さは分かったものの、結果は――。

『ええ……B組が一位です！』

「「負けてんじゃん！」」

桜咲と七海沢《ななみさわ》が同時に声を上げた。

どうやら僅差でＢ組が一位らしく、俺たちのクラスは出鼻を挫《くじ》かれる形になった。

「負けちゃった……」

応援席に戻る途中、桜咲はやけに落ち込んだ様子だった。

「一回負けたくらいでそこまで落ち込まなくてもいいだろ？」

「で、でもっ！　よりにもよって美優ちゃんのＢ組に負けるなんて……」

「恋川？」

そういえば玉入れの最中もやけにＢ組の方を気にしていたような。

「次は綱引きだね、頑張ろうね！」

「お、おう……」

やっぱり今日の桜咲は、一生懸命に見えてどこかいつもと違うような気がする。

元気がトレードマークの桜咲だからこそ、最初は気づかなかったが……やる気が空回りしているような、そんな印象を受けた。

「菜子ちゃん、お手洗い行こ？」

「うんっ」

七海沢と桜咲が応援席から離れると、入れ替わるように誰かが俺の隣に座った。

「よ、関原、隣いいか？」

「おお、鈴木……」

野球部の鈴木がフランクに話しかけてくる。

野球部は個人的に苦手なのだが、鈴木は例の取り引きをしてからというもの、よく話しかけて来るようになった。

「体育祭実行委員のお前がこんな所で俺と話しててもいいのか？」

「いいんだよ。次の種目までは俺もお前と同じで暇人なんだ」

野球部が暇人を語らないで欲しいものだ。

「閑原ってさ、七海沢だけじゃなくて桜咲とも仲良いんだな？　前に三人で勉強会とかもしてたろ？」

さすが鈴木……七海沢を毎日のように見てるだけのことはあるな。

学校では極力絡まないようにしていたが、数回の出来事でも案外覚えられてるものなんだな……勉強会をしたのなんてかなり前のことだし。

ここはうまいこと誤魔化そう。

「七海沢が桜咲と仲良いから、その繋《つな》がりでたまに話すだけだ」

「そっか……アイドルと普通に話せるとかすげーな」

鈴木はそう言ってこれ以上問い詰めることはなく、手に持っていたプログラムを開いた。

七海沢のことが好きなこいつにとって、桜咲と俺の関係は興味がないのかもな。

「あ、桜咲っていえば……小耳に挟んだんだけどよ」

「ん？」

「今年の女子のクラス対抗リレー、かなり注目の的になってるらしいぞ」

女子のクラス対抗リレーが、注目の的？

「桜咲が出るからか？」

「ああ、桜咲はもちろんなんだが」

「他にも理由があるのか？」

「実は……Ｂ組のアンカーで同じくアイドルの恋川美優《れんかわみゆ》も出るらしい」

「はぁ？　恋川が？」

あの恋川がアンカー？

……ってことは、桜咲と一緒に走るってことか。

「超人気アイドル桜咲菜子とご当地アイドル恋川美優のアイドル対決ともなれば、盛り上がるに決まってるよな」

マジか……桜咲、大丈夫なのか？

☆　☆

玉入れでＢ組の美優ちゃんに負けちゃった後、その次に行われたクラス全員参加の綱引きでも決勝戦でB組に負けてその後の大縄跳びもB組に負け、三連敗を喫してしまった。

そして今は午前の部最後の障害物競走をやっている。

負けてばっかりで、クラスの雰囲気も悪いし、何より閑原《ひまはら》くんに活躍してる姿を見せられていない。

わたしは応援席のブルーシートの上で、閑原くんの隣に座りながら、大人しくしていた。

「どうした桜咲？　負け続きで不貞腐《ふてくさ》れてるのか？」

「別に、不貞腐れてないもんっ」

「いや、不貞腐れてるだろ。朝より元気なくなってるし」

「むぅ……」

「そうだ、飴《あめ》でも舐《な》めるか？」

閑原くんはわたしにヴェル●ースオリジナルをくれる。

全員参加の種目が全部終わったことで閑原くんは他人事《ひとごと》のように体育祭を眺めていた。

もう、こっちの気持ちも知らないで……。

「この後の昼休憩って、桜咲はどうするんだ？」

「わたし？　えっと……お母さんたちとお弁当食べるつもりだけど」

「じゃあ、俺も一緒に食べてもいいか？」

閑原くんと……お昼っ！

「うんっ！」

もちろんわたしは快諾する。

やった……関原くんとお昼ご飯。

お母さん特製のお弁当、関原くんもきっと喜ぶよねっ。


『一年Ｂ組、恋川美優さんでーす！』


放送部がやってる実況が紹介すると、会場中が盛り上がっていた。

そういえば美優ちゃん……障害物競走にも出るってlimeで言ってたような……。

美優ちゃんはさっきの玉入れでも周りから注目を集めており、今から始まる障害物競走でも、まるでライブの時みたいな声援を背に受けてスタートした。

「恋川凄いな、会場を味方につけてやがる」

「……そう、だね」

隣に座る関原くんも、障害物競走に出てる美優ちゃんの一挙手一投足に釘付《くぎづ》けになっていた。

悔しい……。

会場全体が注目する分には構わないけど……関原くんには、美優ちゃんのこと見て欲しくない。

今すぐにでも隣に座っている関原くんの目を両手で覆いたかった。

これ以上……関原くんの気持ちが美優ちゃんに向かないように……。

美優ちゃんがパン食いエリアでピョンピョン跳ねると、歓声がさらに大きくなる。

「お、おい、高校の体育祭であれは……さすがに」

関原くんは口を閉じるのも忘れるくらい、美優ちゃんの揺れる胸を見ていた。

もう我慢できない。

わたしは関原君の背後に回ると、後ろから両手で関原君の視界を塞いだ。

「な、なにすんだ桜咲」

「見ちゃダメ！　関原君のえっち！」

「み、みてねーよ！」

「嘘《うそ》だ！　すごい目で見てたもん！」

「そ、そんなこと……って、ん？　恋川のやつ、応援席《こっち》に来てないか？」

「え？」

障害物競走も終盤に差し掛かり、借り物競走のお題の紙を片手に持った美優ちゃんが、
わたしたちの前まで来た。

どうして私たちの前に美優ちゃんが……。

「はあ、はあ……もー、さがしちゃいましたよ」

息を整えながらＡ組の応援席まで来た美優ちゃんは、わたしたちを見つけるとすぐに歩み寄ってくる。

「関原さん——私と来てください」

関原くんの目の前にその白くて長い手が差し出される。

そんな、なんで関原くんを……っ。

「お、俺?!」

「いいから早く来てください！」

やだ、行かないで、関原くん。

関原くんは美優ちゃんに言われるがまま、立ち上がる。

そして美優ちゃんは関原くんの手を摑《つか》んだ。

その時——近づいてきた美優ちゃんの手の中にある紙に書かれた文字が、わたしにはチラッと見えた。

『好きな人♡』

それを見た瞬間……今までで一番、と言っていいくらい胸がズキンッとする。

「ひ、関原くんっ……」

行って欲しくない。

手を伸ばしたけど届くわけがなくて、関原くんは美優ちゃんに手を引かれてゴールまで走って行ってしまった。

関原……くん。

関原くんが……遠くに行っちゃう。

B組が一着でゴールした時、美優ちゃんの手と関原くんの手がずっと繋がれているのを見て、わたしは心が痛くて仕方なくなった。

そしてゴール後も繋いだまま、関原くんと美優ちゃんが会話しているのが遠目に見えて、わたしは……。

「……っ」

☆☆

恋川に手を引かれ、俺と恋川は一緒にゴールテープを切った。

全校生徒が、俺と恋川が手を繋ぎながらゴールしたのを見ていた。

ただでさえ目立つのが嫌いなのに、こんな形で目立っちまうとか最悪すぎる。

「わたしのために自分から来てくれるなんて、ありがとうございます航《こう》くんっ」

「お前が強引に連れ出したんだろうが！」

恋川は指をガシッと絡め、一向に俺から手を離そうとしない。

「おい、手離せ……早く解放しろ、誤解されるだろ」

「最近声をかけてくる男子が多いので、関原さんはわたしの彼氏っぽく振る舞ってください」

「嫌だ。さっさと離せ」

「離したくないです」

「なん――っ?!」

恋川は繋いだ手とは逆の手に持っていた借り物競走のお題の紙を俺に見せた。

くしゃっとした白の用紙の真ん中に『好きな人♡』と書かれている。

「私があなたを選んだ理由、わかってもらえましたか？」

「……し、知るかよ、そんなの！」

俺は紙から目を背ける。

「もー、やっぱり航くんはツンデレさんですねー。本当は嬉《うれ》しくてドキドキが止まらないくせにっ」

「むしろ周りに誤解されたらと思うと動悸《どうき》が止まらないんだよこっちは」

俺は力ずくで手を離すと、そのまま応援席の方へ向かって歩き出した。

恋川と手を繋いだことで、周りの視線がかなり痛い。

全員参加の種目が終わって悠々自適に見物できると思っていたのに……とんでもない罠《わな》にハマっちまった。

「……あれ？」

A組の応援席に戻ってくると、そこに桜咲《さくらざき》の姿は無かった。

「航～、大変だったねぇ」

「お、おい七海沢《ななみさわ》、桜咲知らないか？」

「菜子《なこ》ちゃん？　アンタさっき二人で話してたじゃん」

「……いや、そのはずだったんだが」

辺りを見回しても、桜咲の姿はどこにもない。

隣のクラスの応援席にいるわけないし……観客席の両親の所へ行ったのだろうか。

「お手洗いじゃない？　それか午後の部の最初からリレーだし、準備しに行ったんだよきっと」

「それなら……いいが」

その後、障害物競走が終わって午前中の種目が全て終了し、そのまま昼休憩に入った。

桜咲、戻って来なかったな。

一成《いっせい》さんたちの所にいるのかもしれない。

そう思った俺は、足早に桜咲の両親がいる観客席まで顔を出した。

「おお閑原《ひまはら》くん。お疲れ様」

「お疲れ様です。閑原さん」

しかし……そこに、桜咲はいなかった。

「蜜《みつ》さん、桜咲見ませんでした？」

「菜子なら、先に食べたいからって、重箱一つ持って行きましたよ？」

蜜さんはシートの上にある五つの重箱を指差しながら言う。

「菜子ったら、一つで足りるのかしら……」

「どんだけ食うんだ……ってそれより、桜咲は弁当を取りに来た時に、どこに行くとか言ってませんでしたか？」

「場所は聞いてないですけど、校舎の方に行きましたね」

「ありがとうございます！」

俺は一礼してから、校舎に向かって走り出した。

どうしたんだよ桜咲……。

☆☆

わたしは一人でお弁当が食べたいから、校舎の屋上へと足を進めた。

屋上の金網の前にある段差に座り込んで、持ってきた重箱を隣に置く。

「ご飯……食べる気になれないや」

せっかく関原くんと一緒にお昼食べる約束をしてたのに……何やってんだろ、わたし……。

この前のプールの時に見てしまったあの光景だけじゃなくて、さっき美優《みゆ》ちゃんと関原くんが手を繋《つな》いでる光景を見てもやっぱり辛《つら》くて仕方なくなる。

食欲も、何もかもなくなって……全部嫌になって……。

せっかくの体育祭だから、活躍して関原くんに褒めて欲しかった。

やっぱり桜咲は何でもできて凄《すご》いなって褒めてもらって、そのあとはいつも通り暇つぶしをして、いっぱい甘やかして欲しかった。

なのに今日は全然活躍できないし、B組に、美優ちゃんに負けてばっかり……。

このままこの後のリレーでも負けたら……関原くんはきっと、わたしに失望して美優ちゃんのこと好きになっちゃう。

違う、もう閑原くんは美優ちゃんのことが好きなのかもしれない。

さっきだってすんなり美優ちゃんの呼び出しに応えてたし、手を摑まれてもなんの抵抗もしてなかった。

きっと閑原くんは、もう。


「――さ、桜咲っ！」


屋上のドアがバタンと開け放たれる。

慣れない運動で息を切らし、柄にもなく必死な顔でわたしの目を見つめてくる。

「閑原、くん……」

わたしが苦しんでる時、必ず彼はわたしのことを助けてくれて……。

わたしが泣き出したら、そっとハンカチを差し出してくれて。

でも、そんな閑原くんの優しさは、全部わたしだけに向けられているわけじゃなかったのかもしれない。

「どうしたんだよ桜咲。一緒に弁当食べるって約束したろ？」

「………」

「あ、もしかしてこの後リレーだから準備《アップ》してたのか？　そんなのわざわざ屋上でやる必要無い――」

「関原くんは！　わたしなんかじゃなくて美優ちゃんの方を応援するんでしょ！」

「え……？」

なに言ってるのわたし。

わたしはこんなこと言いたかったんじゃない……！

こんなこと、言いたくないのに……。

「ど、どうした桜咲……？　それに、恋川《れんかわ》？　なんで」

「美優ちゃんはスタイルも良くておっぱいも大きいし！　関原くんは、そんな美優ちゃんのことが大好きなんでしょ！」

「お、おい」

「関原くんのバカっ！」

「……っ！」

言いたくないことばかり、口から出ていく。

……違う、これが、わたしの本心だったんだ。

ずっと、嫉妬なんてダメだって抑え込んできたけど、わたしはずっと美優ちゃんに嫉妬しテて、閑原くんが美優ちゃんといるのが嫌で嫌で……。

その気持ちを……ずっと隠してたから、胸がこんなに苦しくなって、ついに爆発しちゃったんだ……。

「閑原くんのばかっ！　閑原くんのばかっ！　閑原くんの……ば、ばかぁっ！」

顔がくしゃくしゃになって、目の前がぼやけるくらい大粒の涙が溢《あふ》れる。

わたしはその場に膝から崩れ落ちた。

絶対……嫌われちゃった。

閑原くんだけには嫌われたくなかったのに自分で突き放して……なんでこんな事に。

何回もばかって言っちゃったし、急に怒りだして変な女の子だって思われたに決まってる。

今さら謝っても遅い。

もう閑原くんはわたしのこと嫌いに――。

「俺は――桜咲を応援する」

「え……？」

「そりゃ、同じクラスだから当たり前だって思うかもしれないけどさ、たとえ俺たちが違うクラスだったとしても、俺は、桜咲菜子を応援する」

「なんで……？　わたし、バカとか酷《ひど》いこと言っちゃったのに」

「なんでって……俺が桜咲を応援したいからに決まってるだろ？」

「でもでも、B組に負けっぱなしで、わたし何にも活躍できてないし！」

「それでも桜咲はずっと頑張ってたろ？　俺はこれからも頑張ってるお前が見たいし、お前が勝って笑うところが見たいんだよ」

　わたしが、笑うところを……。

　その言葉を聞いて、衝動的にわたしは関原くんに抱きついていた。

　泣きじゃくってくしゃくしゃになった顔を関原くんの胸に押し付けて、手を背中まで回して離さない。

「桜咲っ？」

「関原くんはわたしを……わたしだけを応援してくれるんだよね？」

「ああ、もちろんだ」

「……それならわたし、関原くんのために絶対リレーで勝ってくるから！　見ててね、関原くん！」

「……ああ。でも無理すんなよ」

「うんっ」

もう決めた。

わたしは負けないし負ける気がしない。

だってわたしには、応援してくれる彼がいるから。

☆☆

午後最初の種目である女子クラス対抗リレーに出場するわたしは、昼休憩が終了する頃にはグラウンドに出て待機していた。

『それでは今から午後の種目を始めます！』

放送委員会の実況が入り、会場は昼休憩前の盛り上がりを取り戻した。

アンカーのわたしは最終コーナー付近で待機しながら準備運動をする。

……緊張、してきたかも。

でも関原くんが応援してくれるなら、大丈夫、大丈夫。

胸に手を当てて深呼吸をした。

『一年生の女子クラス対抗リレーが今、スタートしましたっ！』

ピストルの音が鳴り響き、リレーがスタートした。

Ｂ組には負けられないし、何より美優ちゃんには負けられない。

わたしの隣には、余裕の笑みを浮かべながらわたしと同じように自分の番を待っている美優ちゃんがいた。

「菜子《なこ》ちゃん、いよいよですね？」

「……わたし、美優ちゃんには負けない」

「良い目ですよ菜子ちゃん。私もいつか菜子ちゃんと真剣勝負をしたいと思っていましたから」

真剣、勝負……。

この緊張感はライブのステージに上がる前とどこか似ていて、いろんな人たちがわたしのことを見ている。

でも今は、ステージにいる時とはかける想《おも》いが違う。

わたしはクラスのために……そして応援してくれる関原くんのために走るんだ。

「A組とB組のアンカーはレーンに入ってください」

実行委員の人にレーンまで案内される。

わたしの前のランナーである詩乃《しの》ちゃんが全速力で近づいてくる。

「菜子ちゃんっ！」

詩乃ちゃんは先頭でわたしまでバトンを繋いでくれた。

詩乃ちゃんから受け取ったバトン……絶対一番にゴールへ届けないと。

スムーズなバトンパスで詩乃ちゃんからバトンを受け取り、わたしは走り出した。

勝たなきゃいけないプレッシャーがあるはずなのに、風を切る感覚が気持ちいいと思える。

こんなに安心して走れるのは、きっと閑原《ひまはら》くんが応援してくれてるからだ。

後ろから美優ちゃんも凄い脚で並びかけてくるけど、わたしはここで負けない。

「閑原くんは……」

いつも優しく、わたしのことを甘やかしてくれる閑原くんは。

「わたしの閑原くんなんだからッ！」

「……っ！　菜子ちゃん」

美優ちゃんには負けられない。

今は自分がアイドルとか関係ない。

無茶をしてもいい。

可愛《かわい》くなくてもいい。

ただリアルのわたしを一心に応援してくれる閑原くんの期待に応えたいっ！

それが閑原くんに見せたいわたしの姿なんだ！

「桜咲《さくらざき》っ！」

沸き起こる歓声の中で、わたしには関原くんの声が鮮明に聞こえる。

もう二度と、関原くんの前でカッコ悪い自分は見せたくない。

「はぁっ、はぁっ！」

呼吸が荒くなる。今にも肺がどうにかなりそうだった。

太もももふくらはぎも悲鳴をあげてる。

『A組抜け出す！　B組も来た！　しかしA組先頭!!』

さっきまでグラウンドの芝を撫《な》でていた風が、ひた走るわたしの肌を切り裂いていく。

「菜子ちゃんっ！」

美優《みゆ》ちゃんが右から追い上げてくる。

お互いにもう余力はない。

ゴールまで残り数メートル。

負けられない、その闘志を剝《む》き出しにして美優ちゃんもわたしを追ってきた。

だからこそ……わたしも。

「「っっっっっっっ――!!!!!!!」」

ゴールテープが宙を舞う。

万雷の拍手も一瞬止《や》んだ。

『――A組一着!!　勝ったのは現役ＪＫアイドル桜咲菜子っ！』

勝っ……た。

わたしは右手に持ったそのバトンを掲げながら笑顔でその場に倒れ込んだ。

緊張から解き放たれたわたしは、なぜか立っている力もなくなっていた。

お弁当、少なすぎたかも……。

その後のことはあまり覚えていない。

でも一つだけ分かったのが、倒れたわたしに真っ先に駆け寄り、おぶって保健室まで運んでくれたのは、他の誰でもない関原くんだってこと……。

☆☆

「お……やっと起きたか」

目を覚ました時、わたしは保健室のベッドの上にいた。

湿布とか薬品のツーンとする臭いがして、自分が倒れたことをより強く自覚する。

そっかここ、保健室……。

横を見ると、ベッドの横にある丸椅子に座ってわたしの頭を撫でてくれる関原くんがいた。

「関原くん……っ」

「どうした？」

「わたし、勝ったんだよね？」

「まあな。アイドルとは思えないくらい険しい顔してたってみんな言ってたけど」

「は、恥ずかしいよもうっ」

「……でもさ、必死に走る桜咲は、今までで一番カッコよかったと思う」

「そう？」

「ああ」

他の人はどう思ったか知らないけど、関原くんにカッコいいって思ってもらえたなら、良かったかな。

関原くんはいつだってアイドルのわたしじゃなくて、リアルのわたしを見ていてくれる。

そんな関原くんが……わたしは好き。

「ごめん関原くん、この前の電話も、今日の癇癪《かんしゃく》も……」

「別に気にしてないけど……そうなった理由を教えてくれよ。もしかして恋川《れんかわ》から何か煽《あお》られたりしたのか？」

「それは……」

「ん？」

「関原くんが、プールで美優ちゃんに抱きつかれてるの見て……嫌な気持ちになって」

「あ、アレ……見られてたのか」

関原くんは大きなため息を一つ吐《つ》く。

「あれは恋川が一方的に抱きついてきたんだよ。でもまあ、俺がすぐに離れなかったのも悪かったんだが」

「関原くんのえっち！」

「だ、だって背後から抱きつかれたら剝がせないだろ」

「できるよ！　こう、ガバッと」

「ガバッとって、ざっくりしすぎだろ」

でも……付き合ってるとかじゃないなら、良かった。

わたしは心の中で安堵《あんど》する。

「ねえ関原くん、わたしお腹空《なかす》いちゃったぁ」

「もうとっくに昼休憩は終わってるんだが？」

「でもお腹空いちゃったんだもん！」

「……まあ、ここに来る前に蜜《みつ》さんから渡された弁当はあるけど」

「ほんと?!　やったー！」

「待て待て。屋上に移動して体育祭を見下ろしながら食べないか？」

「それいい！　高みの見物ってやつだね？」

「頑張ってる奴《やつ》らを屋上から観戦するのってなかなか背徳感あるかもな」

久しぶりに関原くんと一緒に計画を立てながら笑い合う。

屋上でお弁当を食べるため、わたしがベッドから起き上がると、突然カーテンが開いた。

「菜子ちゃん、起きました？」

「み、美優ちゃん」

様子を見に来てくれたのは美優ちゃんだった。

「良い勝負でした。私も久しぶりに本気出したんですが……菜子ちゃんの勢いに負けちゃいました」

「……わたしも、美優ちゃんだから力を出せたと思う。ありがとう、美優ちゃん」

「次は負けません。わたしも……好きなのでっ」

「うん、今日からわたしと美優ちゃんはライバルだから」

わたしと美優ちゃんは一斉に関原くんの方を見る。

「……ん？　来年もリレー出るって話か？」

「「もぉー！」」

☆☆

蜜さんから託された重箱弁当を両手で持ちながら、俺は桜咲と一緒に屋上まで来た。

保健室までお見舞いに来てくれた恋川は「リレー勝者の特権ですから今回だけは大人しく身を引きます♡」とよく分からないことを言ってグラウンドの方へ戻って行った。

体育祭も徐々に終わりへ近づき、さっきまで肌を焼くように照らしていた陽光が茜色《あかね》に染まって涼しいくらいの秋風が屋上にも吹いた。

二人だけの屋上、二人きりの時間。

今だけは誰にも邪魔されずに過ごせる。

「……桜咲、色々嫌な思いさせてごめん」

「わたしが勝手に勘違いしただけだから気にしないで？」

「お、おう……それと改めて、リレーの一着、おめでとう」

「……え、えへへ」

桜咲は照れくさそうに笑って、屋上の金網の前で腰を下ろした。

「関原くんが応援してくれるなら、わたし、何でも頑張れるから」

「そうなのか？」

「うん。それに今日は、いつも以上にいっぱい頑張ったから、その……」

「ん？」

「ひ、関原くんの方から、ほっぺにちゅーして欲しいなって」

「……は、はぁ?!」

あまりに突拍子もないことを言い出すので、俺は変な声を出しながら驚いてしまう。

「べ、別に、変な意味じゃないんだけど！　ちょっとした挨拶みたいな感じだと思って、ね？」

「あ、挨拶って……」

「だから変な意味じゃないし！　問題ないから！」

「何で二回言ったんだよ」

桜咲は夕陽《ゆうひ》に照らされても分かるくらいに赤面して、俺に懇願してくる。

「ダメ……かな？」

「……そりゃ、桜咲がして欲しいなら、別に俺はいいけど」

「し、して欲しいっていうか！　他にご褒美が思いつかないだけなの！」

「わ、分かったから落ち着けって」

桜咲《さくらざき》はキス云々《うんぬん》のお願いをしてからやけに落ち着きがなくなっていた。

「……じゃあ、するぞ」

俺は乱れた桜咲のサイドテールを手で少しのけながら、桜咲の頬へと自分の顔を近づけていく。

桜咲本人は注射をされる前の子供みたいに口を噤《つぐ》みながら、緊張した様子で肩を上げていた。

桜咲のまつ毛って、こんなに長かったのか。

これだけ近くで見ると、やっぱ桜咲って顔小さいな……。

まだ俺は、桜咲について知らないことだらけだ。

だからこそ、もっと桜咲のことを知りたい……。

前まではこんな気持ちにならなかったのに。

「い、いくぞ」

自覚するくらい心臓が強く脈打ち、顔から火が出そうなほど恥ずかしくなる。

桜咲が……俺のキスを待っている。

身体中《からだじゅう》から沸々と何かが込み上げてくる。

桜咲が喜ぶなら……俺は。

「……閑原《ひまはら》、くん」

「桜咲……」

顔と顔の距離がなくなり、桜咲の緊張が俺にも伝わってくる。

「……っ」

夕焼け空の下。

蟬《せみ》の声がすっかり消え、体育祭で誰もいない夏の屋上で、俺は桜咲の左頰に優しいキスをした。

一瞬の出来事が永遠に思えるくらいに、その感触は頭の中へ鮮明に刻み込まれたのだった。

「……あ、ありがと」

いつの間にか桜咲は、リレーを走った後くらい汗だくになっていた。

そして俺も……自覚するくらい身体中から汗が出ていた。

その後も胸の高鳴りは収まらなかった。

☆☆

屋上から俺たちがグラウンドに戻ってきた時には、既に体育祭の結果発表の準備が進められていた。

「菜子《なこ》ちゃん大丈夫だった?!」

俺たちが来たことに一早く気がついた七海沢《ななみさわ》が声をかける。

「やっぱ朝から様子おかしかったし、体調悪いなら無理してグラウンドまで来なくても」

「大丈夫だ。桜咲が倒れた理由はただの空腹だ」

「…………は？」

「えへへ。心配かけてごめんね、詩乃《しの》ちゃん」

桜咲が照れながら言うと、七海沢は唖然《あぜん》としていた。

「空腹……って、もー！　航《こう》が菜子ちゃんにいっぱい食べさせないから！」

「何でもかんでも俺のせいにすんな！」

桜咲と七海沢は目を合わせて笑っていた。

こいつら……。

「それより結果発表だよ菜子ちゃん！」

「優勝、できそうかな？」

「……ま、まあ、それはお楽しみっていうか」

結果発表を待たなくても、種目ごとの結果をポイントにすればすぐに順位は分かるので、応援席にいるクラスの運動部員たちの顔色で既に結果は見えていた。

察するに、どうやら俺たちのクラスは負けたようだ。

「まあクラスの勝ち負けなんかより、桜咲がリレーで勝った時一番盛り上がったんだからいいんじゃないのか？」

「そ、そうかな？　えへへ」

「あんたらさぁ！　クラスがお通夜ムードなのにイチャつかないでよ！」


「「イチャついてないっ！」」


七海沢の八つ当たりに反論するように俺と桜咲の声が重なった。

その後、夕焼け空の下で体育祭の閉会式が行われ、一年生はB組が優勝した。

二位のA組内の空気は歴代最低レベルで悪く、特に運動部の男女が落ち込みながら前の黒板に書いた『一年A組優勝！』の文字を消している光景は見てられなかった。

帰りのＨＲが終わると、俺はいつもの待ち合わせ場所へ向かう。

クラスの運動部の連中は負けたとはいえ打ち上げをするらしいが、俺と桜咲は……。

「さっきぶりだねっ、関原くんっ」

「おお、さっきぶり」

いつもの空き地の前に集合して暇つぶしに行く。

桜咲は伊達《だて》メガネをかけ、俺は暇つぶしの場所を探す。

体育祭で仲直り？　をした俺たちは、いつも通りの暇つぶしができることに喜びを感じていた。

「せっかく仲直りしたんだし、手、繋《つな》ごっか」

仲直りとか関係なくいつもしてるだろ、とツッコミたかったが、野暮ったく思えた俺は大人しく頷《うなず》いた。

ひんやりした桜咲の左手に俺は自分の右手を重ねる。

桜咲の手に触れただけで、俺は少し頬が熱くなっていた。

「汗……臭ってないか心配なんだけど、大丈夫かな？」

「桜咲は大丈夫だろ。それより俺の方が心配なんだが、どうだ？」

「関原くんも大丈夫だよ？　あ、もし心配ならお互いに嗅ぎっこする？」

「するわけないだろ！　そ、そんな恥ずかしいこと言うなって」

「えー、わたしは恥ずかしくないけどなぁ」

「お前も立派な現役JKアイドルなんだから、少しは恥じらいを持ってくれ」

「閑原くんだから恥ずかしくないの！　他の人には……こんなこと言わないしっ」

桜咲は白い歯を見せながら眩《まぶ》しい笑顔を俺に見せる。

俺なら恥ずかしくないって……どういうことだよ。

「この後どうしよっか？」

「せっかくだし、打ち上げっぽく焼肉とか行くか？」

「焼肉！ってことは食べ放題?!」

「まあ一応そうだが……食べ過ぎないって約束するならいいぞ」

「食べ放題なのに食べ過ぎ禁止なんて矛盾してるよ閑原くんっ！」

桜咲は空いた右手でポカポカ俺の肩を叩《たた》いて来る。

桜咲が食べ放題に行ったらとんでもないことになるのが目に見えてるからな……。

「あ、マネージャーさんから電話だ」

「出ていいぞ」

足を止めると、桜咲は仕事の電話に出る。

体育祭の後だってのに仕事の電話とか……人気アイドルは大変だな。

「へ？　ええ——っ?!」

突然、桜咲が悲鳴にも似た声で驚きながら、電話が終わるとすぐに俺の制服をギュッと摑《つか》んだ。

「ひ、関原くん！　どうしよ！」

「ど、どうした。まさか俺たち、ついにスキャンダルとか」

「わたし、映画に出演することになったって——」

「…………え」

あとがき

皆様お久しぶりです。現役ＪＫアイドルの星野《ほしの》星野《せいや》です。

おかげさまで一巻が大好評ということで、こうして二巻を出すことができました！　ありがとうございます！

デビュー作であるこの作品が長いシリーズになったら嬉《うれ》しいですし、菜子《なこ》と航《こう》の恋愛はまだこれからなので、引き続き応援していただけたら幸いです！（周りにも布教して桜咲《さくらざき》菜子推しを増やしていきましょう！）

また、ＳＮＳで一巻の感想を呟《つぶや》いてくださった皆様ありがとうございます。

感想の一つ一つが作者の今後の成長に繋《つな》がるので、二巻も「＃現役ＪＫアイドルさん」で感想や応援の声を呟いていただけると嬉しいです！

さてと、二巻の話をしましょうか。

一巻ではのんびり二人で暇つぶしをするのが主題でしたが、二巻では菜子の感情を揺さぶる恋川美優《れんかわみゆ》が登場し、ストーリーの恋愛色が強くなりましたね。

二巻の暇つぶしは、谷中銀座《やなかぎんざ》商店街、根岸湾、横浜中華街、鎌倉、そしてレジャープールに行きました。

作中でも航が触れていたように『暇つぶし』の概念がバグっているような気もしますが、航と菜子にとっての暇つぶしは、一緒にお出かけして楽しむことなので大丈夫です（笑）。恋川と一緒に釣りや横浜中華街に行くのはＷＥＢ版にもあった展開でしたが、内容とかは大幅に加筆してます！

ちょっぴりエッチなセリフで航を惑わせる恋川はとても良いキャラクターだと思いますし、作者的にも気に入っているんですよねー。

特に表紙や口絵の恋川が可愛《かわい》すぎて！　口絵の恋川のアヒル口がもう！（大声）も、もちろん菜子も超絶可愛いですよ！

口絵にある鎌倉デートの時に髪型がおさげだった菜子とか、可愛すぎて昇天するかと思いました。いや、しました。

菜子も恋川も可愛すぎてどっちからも好かれてる航が羨ましいですねぇ……ちょっと今から帰宅部の暇人になってきます！　みんな！　暇つぶしするぞ！

……はい。作者のテンションが上がってきた所で、そろそろ謝辞に移りますね。

まずは一巻に引き続きイラストを担当してくださった千種《ちぐさ》みのり先生。

二巻でも可愛い菜子たちのイラストをありがとうございます！

表紙のイラストをいただいた際に「やっぱ千種先生さすがだわぁ……」ってなりました（笑）。

千種先生のイラストが新キャラである恋川のキャライメージをグッと明瞭にしてくれました。

作者の想像を何倍も超えるイラストをありがとうございました！

続きまして、担当編集様。

いつも〆切ギリギリになってしまい誠に申し訳ございません！

それなのに怒らずに褒めて伸ばすスタイルを貫いてくださりありがとうございます（笑）。

この作品が続刊できたのは間違いなく担当編集様の力ですし、常時マイナス思考でダメダメな私がこうして執筆できるのは担当編集様のおかげです。

これからも私が弱音を吐くたびに背中を押してもらえると嬉しいですし、間違いなく弱音を吐くのでよろしくお願いします（土下座）。

そして販売に尽力してくださった株式会社オーバーラップ様、営業様、校正様。

一巻に引き続きありがとうございました！

特に営業様には、五月の秋葉原サイン巡りを企画していただき本当に感謝です。

作家として貴重な経験をさせていただきました！

それでは最後に、本書を手に取ってくださった読者の皆様。

こうしてまた皆様とお会いできてめちゃくちゃ嬉しいです！

この作品が長いシリーズになればこれからも菜子や航の暇つぶしを見れますし、ついでにあとがきで私にも会えますので、これからも応援よろしくお願いします！

ＳＮＳでの感想等は「＃現役ＪＫアイドルさん」でお願いします！

全てに反応できるか分かりませんが、時々エゴサしますので！

それでは皆様、次は三巻で会えるのを心から願っております。

ここまでありがとうございました！

菜子好きぃぃぃぃぃいいいいい！

星野星野

OVERLAP

現役JKアイドルさんは暇人の俺に
興味があるらしい。2

発　　行　2023年9月25日　初版第一刷発行

著　　者　星野星野
発 行 者　永田勝治
発 行 所　株式会社オーバーラップ
〒141-0031　東京都品川区西五反田 8-1-5
校正・DTP　株式会社鷗来堂
印刷・製本　大日本印刷株式会社

Printed in Japan ISBN 978-4-8240-0605-9 C0193

オーバーラップ文庫
10年ぶりに再会したクソガキは
清純美少女JKに成長していた
元・ウザ微笑ましいクソガキ、
現・美少女JKとの
年の差すれ違いラブコメ、開幕！
東京のブラック企業を辞め、地元に帰ってきた有月勇（28）。故郷で新たな生活を始めようと意気込む矢先、出会ったのは一人の清純美少女JK。彼女は勇が昔よく遊んでやった女の子（クソガキ）の一人、春山未夜だった——のだが、勇はその成長ぶりに未夜だと気づかず……？
著 館西夕木 イラスト ひげ猫
シリーズ好評発売中!!

第11回 オーバーラップ文庫大賞
原稿募集中!
イラスト：じゃいあん
【締め切り】
第1ターン 2023年6月末日
第2ターン 2023年12月末日
各ターンの締め切り後4ヶ月以内に佳作を発表。通期で佳作に選出された作品の中から、「大賞」、「金賞」、「銀賞」を選出します。
その物語は、
きっと誰かが
好きな物語。
【賞金】
大賞…300万円
(3巻刊行確約+コミカライズ確約)
金賞……100万円
(3巻刊行確約)
銀賞………30万円
(2巻刊行確約)
佳作………10万円
投稿はオンラインで！ 結果も評価シートもサイトをチェック！
https://over-lap.co.jp/bunko/award/
〈オーバーラップ文庫大賞オンライン〉
※最新情報および応募詳細については上記サイトをご覧ください。
※紙での応募受付は行っておりません。